俺の姪　　　　夫、どんな相手と
結婚　　　　ろう？ 2

落合祐輔
画 けんたうろす

海だ――！
エリたちと夏休みの海へ――
新しい思い出がいま紡がれていく。

叔父さんと一緒に回るのも大事な思い出だよ。
二人で回る夏祭りの夜。
エリの声音は、どこか真剣だった。

叔父さんは
違うの？

いつの間にか、姪は大人になっていく。
俺は『甘え』を受けとめることにした——

今日、叔父さんちにお泊まりしたい
……いい、かな？

CONTENTS

GA文庫

俺の姪は将来、
どんな相手と結婚するんだろう？２

落合祐輔

GA文庫

登場人物紹介

【結二】
28歳、フリーの在宅ワーカー。
絵里花の叔父で、とても懐かれている。
滅多なことでは熱くならないドライな
性格だが、絵里花には優しく甘い。

【絵里花】
15歳の高校一年生。
幼い頃から叔父である結二に懐いている。
家事全般が得意。
特に料理の腕が自慢で、
結二の胃袋を掴みたがっている。

What kind of partner will my niece marry in the future?

CHARACTERS

【なつき】
結二の学生時代からの友人。
明るく美人だが思ったことは
ズバズバ口に出す豪胆な女性。

【陽子】
絵里花の中学時代からの親友。
溌剌とした性格だが
少女マンガ好きで、超乙女な一面も。

【弘孝】
結二の学生時代からの友人。
お調子者だが、年甲斐もなく熱い男。
デリカシーはない。

【奈緒】
結二の実姉で絵里花の母。
女手ひとつで一人娘を育ててきた。
娘のことが命より大事。

プロローグ

「それが親のすることか、ダァホッ《ドアホ》!!」

イヤホンから響いた怒声が、鼓膜を揺らした。

ＰＣモニターに映し出されている声の主は、幼い少女だ。いったいどこから、そんな声と感情が溢《あふ》れてくるのかと、本当に不思議に思う。

当時も、同じような感想を抱いた視聴者は大勢いた。人気に押されたこのドラマは――幼気《いたいけ》な子役が心の底から毒親を憎むお芝居は、社会現象にまでなった。

かつて一世を風靡《ふうび》した名子役『花澤可憐《はなざわかれん》』の代表作だ。

「……先生がいい……わたしは、先生にピアノ、ならいたい……うぅ！」

一方で――同じ顔と声なのに、まったくの別人に思える演技を見せつけたドラマもある。

余命幾《いく》ばくもないピアノ教師を主人公にした感動作。その子供教室の生徒役に、群を抜いて泣きの芝居が巧《うま》かった子役がいる。

他《ほか》でもない、『花澤可憐』だ。

「花澤可憐、八さいです！　よろしくおねがいしますっ！」

What kind of partner will my niece marry in the future?

はたまた、バラエティ番組のゲストに呼ばれた際の『花澤可憐』は、どこにでもいる八歳児そのものだった。

まるで『バラエティ向けな八歳の子役』という役を演じているかのように。

憑依型《ひょうい》の極み。

そう評され、高い実績と圧倒的人気を誇った彼女は——しかしやがて、そのプレッシャーに苛《さいな》まれて芝居の世界から身を引いた。

それから数年。かつての名子役は、いまとなっては十五歳という年頃《としごろ》に成長し、

「叔父さん、ごはんできたよ」

俺《おれ》の家で、今日も夕飯を作ってくれていた。

「運ぶの手伝って」

「はいよ」

芸名である『花澤可憐』を脱いだ彼女の本名は、芝井絵里花《しばいえりか》。

俺こと芝井結二《ゆうじ》にとっては、エリと呼んでかわいがっている姪っ子だ。

「今日は麻婆茄子《マーボーナス》か」

キッチンに向かうと、大皿に盛られた料理が目に留まる。

麻婆の餡《あん》に絡《から》まった茄子はしっとりとしつつ、形崩れせず存在感を主張している。ほんのりと香《かお》る花山椒《はなざんしょう》も清々《すがすが》しい。

「私の好物なんだよね。他のがよかった?」

「まさか。作ってくれるだけでもありがたいのに、ワガママなんか言うわけない」

彼女は高校一年生で、入学を機に俺の家へ通っていた。

学校がこの近所にあるため、通学路の途中なのをいいことに、身の回りの世話をしたいからと平日は毎日だ。

もっとも俺が通いを承諾したのは、姉貴——エリの母親の仕事終わりが夜遅いため、留守番させるより親戚《しんせき》に預かってもらったほうが安心と言われたからだ。

「私的には、もっとワガママ言ってくれたほうが、お世話のし甲斐《がい》があって楽しいけど」

「ただ預かってるだけの身で、あれしろこれしろなんて言えるかよ」

「通い妻相手に遠慮なんかしなくてもいいのに」

「だから、通い妻はやめろって。意味と状況が全然合ってないから」

「じゃあ半同棲《はんどうせい》で」

「それも意味が変だ。せめて半同居だろ」

「もうどっちでもいいからさ。早くお料理運んでよ。冷めちゃうから」

「言い出しっぺはどっちだよ……」

などと、すぐ調子に乗る小生意気なところは玉に瑕《きず》だが……。

いまのところこの生活はつつがなく継続し、気づけば三ヶ月を経過していた。

もうすっかり七月も半ばに差し掛かろうというとき。

食卓に並べた夕飯を囲み、食べ始めてすぐ、俺はポツリと漏《も》らした。

「学生はもうすぐ夏休みなんだな……」

「そうだね。羨《うらや》ましいの？」

「どうだろう。たまの息抜き程度には休み作りたいけど、長期休暇はそこまでかな。長く休みすぎると、仕事モードに切り替えにくくて」

「そういうものなんだ。叔父さんって本当に仕事人間だよね」

「フリーランスはそんなもんだって」

俺は日頃、フリーの映像クリエイターとして在宅で仕事をしている。

仕事内容は主にデジタル合成や映像編集で、最近はユーチューバーの動画の編集代行も小銭稼ぎ程度に行っていた。

同業者の中では比較的もらえているほうだし、仮に一年仕事がストップしてもなにも困らないぐらいには貯蓄もある。

ただ、月給として決まった額が口座に入るわけではない。手を動かした分が報酬に直結する技術職でもある。

だからこそ、働いていたほうが安心するってわけだ。まあ、仕事を詰め込みすぎて自滅しかねない思考だから、あまりよくないことだとは思うけど。

「そういうエリは、なにか予定立ててないのか？　友達とどこか遊びに行く、とか」

「特にいまのところは、って感じ」

そう、どこかすました様子で味噌汁をすするエリ。

「……もしかして、学校に友達いないの？」

「ストレートだなぁ。失礼だぞ？」

頬《ほお》を膨《ふく》らませる。確かにストレートに聞きすぎた……かな。

「別にそんなことはない……と思う。陽子《ようこ》もいるし。ただ、ベタベタ仲よくするつもりは元からなかったし。ほどよい距離感で付き合えればいいかなって」

エリの口ぶりからは、寂《さび》しさなどは感じない。本心でどう思っているかは正確に読み取れないけど、エリのこれまでの学校生活を思えば、そういう考えに至るのもわかる。

エリは子役時代、多くの時間を仕事に費やしたため、学校に馴染《なじ》めずにいた。それは女優業を引退したあとも尾を引き、小学生の頃は孤立を強《し》いられたのだ。

さらには引退のニュースが、当時センセーショナルに報じられたことも拍車をかけた。あることないこと尾ひれのついた噂《うわさ》が吹聴され、腫《は》れ物のように扱われたのだ。塞《ふさ》ぎ込んで不登校になってしまったのは、無理からぬ結果。

中学時代を経て今はだいぶ改善したが、それは、あえて地元から離れた高校を選んだことが要因として大きい。

「高校にはエリの過去を知ってる人、その陽子ちゃん以外はいないんだろ？　思い切って打ち解けてみたらどうだ？　無理強いはしないけど」

過去に起こったことをなかったことにはできない。

でも、ある程度リセットして再構築していくことはできる。俺は経験上、そう思っている。

エリが『花澤可憐』だ、と知らない人たちが集まる環境なら、案外そのリセットもうまく行くんじゃないだろうか。

エリは、しばらく思案してから口を開く。

「……考えとく。まあこれから、クラスの人たちと一緒になにかする機会は、増えるかもしれないし。ちょうどいいかもね」

「そうなんだ。なんか行事でもあるのか？」

「そりゃあ高校生だもん。体育祭とか文化祭とかさ。二学期は行事目白押しだよ」

「ああ、そういう……」

自分の頃はどうだったかな。そんなことを考え、ふと当時の頃を思い出そうとした。

だけど、どこか霞《かすみ》がかかったようなイメージしか浮かばなくて、少し驚いた。

「夏休みに体育祭に文化祭……なんかもう、遠い昔の記憶だ」

アラサーだもんな、歳《とし》を取ったってことか……。

そうしみじみと感じたままを漏らしただけなのに、エリは肩を揺らした。

「あはは。おじさん通り越してお爺《じい》ちゃんみたい」

「余計歳取ったように感じるから止めてくれ」

さすがにセピア色はしてないっての。

確かに、詳細に思い出せないことも多い。そもそも、別段語れるほどの楽しい思い出があったかと言われると微妙だ。なんのこともない高校生活だったように思う。

「せっかくなんだから楽しめるといいな、エリの高校生活」

でもだからこそ、エリには存分にいまを謳歌してもらいたい。いつか必ず、この子の糧になるはずだから。

それは姪を想《おも》う叔父としての、素直な気持ちだった。

「……うん。そうだね」

俺の言葉を優しく受け止めるように、エリはにへら、と笑った。

第一章　日々は穏やかに過ぎて

What kind of partner will my niece marry in the future?

「現代文……九十六点……？」

お昼休みだというのに、陽子《ようこ》はお弁当も広げずに一枚の紙を凝視していた。

直前の現代文の授業で返された、期末試験の答案用紙だ。しかも、私の。

いまにも縦に裂けそうなほど、力を込めてワナワナとしているもんだから、こちらも気が気じゃない。

「なにこれ、つまり何点なの？」

「いや、九十六点でしょ。なにその構文」

「……逆さにしても九十六点だ」

「そりゃあ九十六はそうでしょ」

よくわからないノリにため息を漏《も》らしつつ、お情け程度にツッコミを入れる。

でも、陽子はお気に召さなかったらしい。

「もう！　その『さも当然です！』みたいな反応止めてよ！　めっちゃ鬱《うつ》になるぅ……」

「言うて陽子も七十八でしょ？　とれてるほうでしょ」

少なくとも平均点よりはしっかり上だ。

ましてや陽子は、陸上部所属のスポーツ少女。部活で忙しい合間を縫ってきちんと勉強したからこそ取れた点数なんだから、誇っていいと思うんだけど。

じゃないと陽子のその言い方、もっと惨《みじ》めになる人がいそう……。

「あたしなりにめっちゃ勉強してこれだもん。でも絵里花《えりか》は前から、国語は勉強しなくてもとれてたでしょ？　これが実力差ってやつなのかっ」

「大げさだなぁ……」

陽子とは中学からの付き合いだから、その当時のテスト結果を言っているんだろう。

確かに昔から、国語系は得意科目だった。小説の問題で解答を間違えたことは多分ない。

小説問題は出題と解き方にパターンがある、なんて話も聞いたことがある。けれどそういうのに頼らず点を取れるのは、文章を読み解き理解する能力に長けているからだろう。そういった読解力は、役者に求められる能力のひとつでもある。

つまりは、子役時代に培った能力の賜物《たまもの》。

だから陽子の言う通り、現代文は勉強しなくても点は取れる。

……そう、あくまでも現代文は。

「ほかの教科はそこまでよくないし、トータルだと中の上ぐらいだよ？　数学はかなり勉強したし」

「数学はなぁ……目が滑って集中できなくって。絵里花はよく一人で勉強できたね」

「いや、勉強見てくれた人がいるんだよね」

「そうなの？　塾？」

「叔父さん」

会話の流れのままに応《こた》えると、陽子は一瞬だけキョトンとして、

「出た〜っ。絵里花の叔父さん自慢トーク！」

急にニコニコ……いや、ニヤニヤしながらこっちを見つめる。

お弁当が食べにくいったらない。

「絶対おちょくってる言い方だよね、それ」

「そんなつもりはないけどさ〜」

ようやく食べる気になったのか、陽子はお弁当を広げながら続けた。

「絵里花が叔父さんの話するときはだいたい、『叔父さんはこうすごい』話になるじゃん」

「…………」

悔しいけど、正直、図星ではあった。

意識してそういう話題を選んでいるわけじゃない。

けど叔父さんの話になると、いいところをアピールするような会話になっちゃうのだ。

だいたい、だらしないところなんかを話しても、愚痴っぽくなっちゃったら聞く側も楽しく

ないだろうし。

話題の取捨選択としては自然だと思ってたんだけど……違うのかな。

「まあ、あたし的にはおもしろくて好きだけど♪　なんか、彼氏自慢してるみたいで絵里花かわいいし～」

「やめてよ、そんなんじゃないから」

急に彼氏だなんて単語が出てきて、ビックリしてしまう。

叔父と姪は、三親等という扱いになる。兄妹よりは遠いが、従兄弟よりは近い親戚《しんせき》。

そんな気を抱くなんてあり得ない――あってはならない関係だ。

あくまでも私は、大人の男性として尊敬しているだけだ。仕事に一途で、でも私に親切にしてくれて、同世代の男子よりも遥《はる》かに思慮深い叔父さんのことを、尊敬しているだけ。

ただ……それだけだよ。

と、お弁当のおかずを食べるでもなく突《つつ》いていると、

「そういえば、さ」

不意に陽子が、別の話題を投げてきてくれた。

「アレは叔父さんに話したの？」

その〝アレ〟がなにを指すのか、をしばし考えてから、

「……ううん。まだ。名刺はお財布にしまったまま」

それはまだ梅雨真っ盛りの休日。

陽子と一緒に買い物へ出かけた日の出来事だ――

＊　＊　＊

「あなたも、雨宿り中ですか？」

あの日私は、セレクトショップの入り口で声をかけられた。

梅雨の雨脚は強まる一方。そんなジメッとした空気の中、ましてや休日なのに、声をかけてきた女性はピチッとパンツスーツを着こなしていた。

それが少しだけ、異様な光景に感じてしまった。

「雨、止まないですね」

「そう……ですね」

よくわからない相手だったけど、一応、愛想《あいそ》よく返すと、

「せっかくのお買い物なのに、これじゃあちょっと憂鬱《ゆううつ》ですよね」

女性は、ニコリと微笑《ほほえ》んだ。

どこか、張り付いているだけのような笑顔で。

少し警戒心は抱きつつ、その二十代ぐらいの女性に、私は問うた。

「お姉さんは、お仕事ですか？　日曜なのにスーツ姿で」

「そうなんです。曜日は関係ない仕事をしているので。というか土日こそ、足を使わないといけない仕事だから」

「大変ですね。しかも、雨にまで降られて。お疲れさまです」

そこで私は、少しだけ警戒心を緩めた。受け答えに不信なところはなさそうだったし、変な人ってわけでもなさそうだったからだ。

仮になにかやましい目的があったとしたら、セレクトショップの入り口だなんて人の目につく場所で声をかけたりしなかっただろうし。

いざとなれば店の中へ逃げれば問題ないだろう、とも思っていた。

ただ、率先して話を盛り上げたいと思える相手かどうかは、正直わからなかった。

ずっと張り付いているように感じた微笑みが、どうにも引っかかっていたからだ。

だから適当なところで会話を切り上げ、無視しよう……と思った矢先。

「でも、こうして雨宿りした先で運に恵まれたんで、悪くなかったなと」

「……え？」

そんな意味深な一言が気になって振り向くと、女性は、カードサイズのものを私に差し出していた。

「私、こういう者なんですよ」

受け取った名刺には、女性の名前と一緒に勤め先の会社名が書かれていた。

「……プロダクション？」

「いわゆる芸能事務所です」

あまりにもあっけらかんと答えるから、私も最初、状況を飲み込めずにいたけれど、

「あなた、芸能界に興味ありませんか？」

＊　＊　＊

スカウトってあんな感じなんだな、というのが正直な感想だ。

受けた側って、普通の子だったら、もっと盛大に喜んだり驚いたりするんだろう。

でもなまじ子役をやっていたせいか、余計に、定型文を聞かされているような感覚だった。

「そもそも、スカウトに応じるかどうかも決めあぐねてるし」

私にとってスカウトは、嬉々として誰《だれ》かに報告するような話じゃない。

ましてや、その場の勢いで軽率に応じようと思うことでもない。

スカウトされた事実について、まずは自分自身で向き合おう。そう冷静に考えてしまうような事柄だ。

だから未《いま》だに名刺はしまったまま、叔父さんやお母さんにも話してはいない。

「でもさ、また役者をやってみたいって思ったのは事実なんでしょ？　叔父さんたちに撮ってもらって」

「まあ……うん」

陽子はこの学校で唯一、私の過去を知っている。その上で、友達でいてくれている人だ。

だから私が数ヶ月前、叔父さんたちの運営している映像サークル【サ行企画】の作ったMVに出演したこと、そしてそれを機に、改めて役者としての再起を考えていることは、すべて話していた。

「でも陽子も観たでしょ？　あの雑なお芝居」

「いや、素人のあたしに雑かどうか聞かれてもわからないからっ」

秒でツッコミを入れられた。まあ、確かにその通りか。

「あたしは、ステキだと思ったけど？」

「叔父さんたちも褒《ほ》めてはくれてる。けど私は全然納得できてない。多分まだどこかで、お芝居を怖がってるんだと思う。それが克服できるまでは、事務所に入ったところで……さ」

「リハビリしたいってこと？」

陽子の言葉に、黙って頷《うなず》く。

それこそ、現場に無理矢理にでも入ってしまえば、演技の質も恐怖心も改善できるんだろう。荒療治だとは思うけど。

でも、もう逃げたくない。今度こそちゃんと、続けていきたい。

そう強く思うからこそ、確実性を求めてしまっているのかもしれない。

役者の道に戻るのであれば、『花澤可憐《はなざわかれん》』の名前をもう一度、胸を張って名乗れる自信をつけてからにしたかった。

「あと、なによりね」

「うん？」

「事務所に入ったら、叔父さん絶対餓死《がし》すると思うんだよね」

陽子はたちまち、豆鉄砲を食らった鳩みたいな顔になる。

私、なにか変なこと言ったかな？　そう不思議に思った矢先、

「……え？　どゆこと？　話が全然繋《つな》がんないんだけど」

うそ、伝わってなかった？　慌《あわ》てて補足する。

「私が事務所に入ったら、いまみたいに構ってあげられないでしょ？　洗濯も掃除も、ごはんの支度もしてあげられない。そしたら生きていけなくなると思う、あの人」

「ええ～……。それってただのダメ人間じゃん」

「そこまでじゃない――っていうか、叔父さんの悪口言わないでよ」

「最初に言い出したのそっちじゃんかー！」

「親戚特権です」

「うわぁ……そういうの、『ああ言えばこう言う』って言うんだよね。ズルい～」

ふくれっ面《つら》な陽子を余所《よそ》に、私はため息をつく。

「餓死するかもって思ったら、やっぱり事務所になんて入れないよねぇ……」

「それ、絵里花が心配性すぎるだけだと思いますよぉ、あたしゃ」

珍しく、陽子の呆《あき》れ顔を見た気がした。

そんなに呆れられるようなこと、言っただろうか？

＊　＊　＊

俺《おれ》みたいな在宅ワーカーにとって、自宅にいながら行えるリモート会議は、実にありがたい取り組みだ。

出かけるのが億劫《おっくう》とかそういうわけじゃないんだが、リモートですませられる程度のことなら、わざわざ外に出向いて行う必要なんてないからな。

もちろん、対面して打ち合わせを行うメリットは少なからずある。

でも、そのメリットがあまり生きてこないなら、リモートですませたほうが生産的だ。

『――じゃ、次の【サ行企画】の動画はそんな感じでいこうか』

今日の【サ行企画】の企画会議も、まさしくそんな、リモート会議で行われたばかりだった。

『悪いけど今回は、結二《ゆうじ》となつきで進めてくれるか？』

『りょうかーい』

モニターの小窓に映し出されているのは、冗談めかして敬礼しているなつきと、相変わらずふっくらとした顔つきの弘孝《ひろたか》。

まあ要するに、いつも通りのメンバーだった。

「了解。内容的に、俺の現場入りは不可欠だもんな」

今回撮影する内容は、『日常のあるあるネタを、ＶＦＸで過剰演出して笑いを誘うおバカショートムービー』となった。

ＶＦＸを使う前提での構図取りと撮影が必須となるため、メインスタッフとして俺に白羽の矢が立ったというわけだ。

「ネタ出しと撮影のアシスタント、なつきにお願いして本当に大丈夫なのか？」

『大丈夫だよ～。七月後半には脱稿予定だから、時間はあるし』

なつきは売れっ子の脚本家だ。いままさに、新作テレビドラマの脚本を執筆中らしい。

忙しいだろうと思って一応気を使ったが、本人が大丈夫というのならそれを信じよう。

『本当は俺も手伝いたかったんだけどさぁ。ほんと、すまねぇ』

「いや、弘孝はプリプロの真っ只中なんだし、逆立ちしたって無理だろ」

『まあな。今日明日は徳島、明後日《あさって》からは高知でロケハン。観光ついでに楽しんでるけど、実際大変だよ』

今日の会議がリモートでの開催となった最大の理由が、これだ。

物理的に会って打ち合わせできない場合、グループラインでも可能ではあるけど、カメラを使ったリモート会議がベストだからな。

「ったく。大人気の映画監督様が忙しい自慢しやがって。まるで俺が暇人みたいだろ」

『悪い悪い。そういうつもりはないって』

弘孝も、若くして映画界にその名を轟《とどろ》かせるクリエイターだ。

ひょうきんで明らかにメタボな見た目にも拘《かか》わらず、彼の撮る映画は『泣きの瀬戸節《せとぶし》』なんて、ファンに評価されている。クリエイター自身のイメージとその作風は、必ずしも合致しないって典型例だ。

『ある程度スケジュール見えてきたら、他《ほか》にも誘ってみようよ』

「そうだな。集まれるかはわからないけど。みんな、最近はとみに忙しそうだし」

『メンバー全員、業界歴も長くなってきたからな。出世すりゃやれることも増えて手は空かなくなるし、独立なんかしたら、軌道に乗せるため寝る間も惜しんで働かないとだし』

弘孝の言う通り、確かに二十七、八ともなればもう、中堅に片足突っ込むポジションだ。まさにこれから、地盤をより強固にしていくタイミング。

自主制作のサークル活動より優先するべきは自分の仕事だから、集まりが悪くなるのは、ある種必然というか当然のことだろう。

『まあ立場が上がったら上がったで、面倒も増えるけどな。見たくなかったものとか関わりたくなかったものに、否《いや》が応《おう》でも触れないとなんないし』

へぇ、珍しいな。弘孝が愚痴っぽいことを言い出すなんて。

『なに、どしたの？　なんかあった？』

小窓のなつきも、同じような心境だったようだ。

弘孝は『オフレコな』と前置きして、ため息をついた。

『プロデューサーから急遽《きゅうきょ》、一シーンだけの端役でいいから、キャラ増やしてくれって言われてさ。訊《き》けば、役者を強引《ごういん》に売り出させて断り切れなかったんだと。ライターさんとふたりで頭抱えたよ、ほんと』

『ああ……端役でいいだけマシだけど、キャラとシーン追加は、まあ面倒よね』

描く内容が固まりつつある脚本にシーンを追加するというのは、簡単なようで非常にやっかいな作業だ。前後のシーンとの整合性や、全体構成のバランスを考えたとき、追加シーンだけが妙に浮いていたり不自然に見えかねないためだ。場合によっては、脚本の大工事が必要になることもある。

言うなれば、完成間近の肉じゃがへ、急にトマトを入れることになったから味を調《ととの》えろ、と言われているようなものだ。できなくはないだろうが、俗な言い方をすれば超面倒くさい。

いっそカレーとして作り直したほうが早いだろうけど、当然それは、もはや肉じゃがではない。

「ずいぶん強引だな。事務所は？」

すると、弘孝は嘆息《たんそく》混じりに答える。

『ヴァリプロだよ』

『「ああ……」』

俺となつきの声が重なる。

ヴァリプロ――正式名称は『ヴァリアスタープロダクション』。

芸能事務所としては老舗《しにせ》で、それ故《ゆえ》に業界内でもかなり影響力が強い。

昔からよくない噂《うわさ》――というか、表になっていないだけで実際にあった黒い話には困らない事務所でもある。

『まあ、こっちが上手に付き合ってやれば、迷惑かけられることもないけど。実際、所属してる役者やタレントは一流も多いだろ？　とはいえ、さ。そういう話聞いちゃうと、所属してる人たちに同情しちゃうよな』

フリーランスを除き、タレントは基本、所属事務所とマネジメント契約を結んで活動している。『タレントとしての価値』を磨いたり身につけたりはタレント個人の努力次第だが、それを生かすも殺すも事務所次第。

中には望んでもいない、適正もないような方向性で無理に押し出され、仕事をさせられ、自信をなくして潰《つぶ》れるタレントもいる。

ヴァリプロがそういうところだ、と一概には言わない。ただ、強引なやり方というのは得てして、そういう側面も生み出しやすい。

タレントや役者になりたいのなら、事務所選びから命運がかかっていると言ってもいい。

――もっとも。

その選べる立場になるまでが、果てしなく高い壁ではあるのだが。

『あ〜あ、憂鬱だな。ロケハン終わったらプロデューサーとヴァリプロに顔出しに行かないといけないとか。そういうのぜーんぶ任せちゃいたいんだけどなぁ』

「ただプロデューサーの横で黙ってればいいだけだろ？　まあ、同情はするよ。がんばれ」

弱ってる弘孝を見るのは、悪い気がしないな。せいぜい苦しめ、売れっ子映画監督様めが。

……それにしても、事務所か。

エリは今後、ゆっくりとでも、役者としての再起を図っていきたいと言っていた。当然、事務所も探さないといけない。

そのときは、エリにとって相性のいい、エリを正当に評価し正しく売り出してくれるところに決まるといいな。

なんて、ちょうどエリのことを考えていると、玄関の鍵《かぎ》の開く音が聞こえてきた。

「叔父さーん、お邪魔しまーす」

「いらっしゃい。……ああ、エリだよ。学校終わったみたい」

なにごと？　とキョトンとしていた弘孝たちに説明しつつ、いったん席を外す。

エリを出迎えに行くと、彼女は相変わらず、学生らしい格好にエコバッグを抱えていた。

どこかアンバランスな装いだけど、これもう、すっかり見慣れた光景だ。

「もしかして、いま、誰かと電話してた？」

「リモート会議。弘孝たちと【サ行企画】の件でな」

エコバッグを受け取って、スリッパを鳴らすエリと共にリビングへ戻ってくる。

ウェブカメラはちょうど、リビングを仕切るドアのほうを向いていたこともあり、弘孝たちにもエリが入ってきたのがわかったようだ。

『絵里花ちゃん、久しぶり～』

「お久しぶりです、佐東《さとう》さん」

エリもうれしそうに答え、カメラを覗《のぞ》き込む。

「瀬戸《せと》さんも、こんにちは」

『こんちは！　いまさらだけど、この前のMVはありがとね』

「いえいえ。こちらも貴重な体験ができて、楽しかったです」

エリは、身内以外には少し余所行きな雰囲気を纏《まと》って接するところがある。

言葉もその笑顔も本心から来るものなのは間違いない。ただ、俺の前でのように年相応な無邪気な態度はとらない子だった。

　子役時代に学んだ礼儀正しさがそうさせているのか、はたまた大人っぽく見られたいという思春期の衝動なのか……。

『あのMV、結構再生数いいみたいでさ。依頼してきたバンドの人たちも喜んでくれてたよ』

「叔父さんからも訊きました。よかったです、安心しました」

『ただ、動画がアップされてるバンドのチャンネルに、問い合わせが来てるみたいで。あとコメント欄にも。出演してた女の子は誰なんだ？　って。それだけがちょっと心配かな』

　弘孝は、エリがかつての『花澤可憐』であることをまだ知らない。エリのほうから口止めをされているため、俺も伝えてはいなかった。

　エリは事実上、女優業を引退している格好だから、語弊はなく『一般人』だ。

　一般の女子高生の容姿がＳＮＳで話題になっていること、その裏に潜む危険について、彼は懸念してくれているんだろう。

「いまのところは大丈夫ですし、これからも問題ありません。それを承知の上で、出演するって言ったので」

『わかった。もしなんか迷惑を被《こうむ》ることがあったら、遠慮なく言って……結二に』

「はい。叔父さんになんでもかんでも伝えて、守ってもらいます」

『だって。しっかりしなよ、叔・父・さ・ん』

なつきまで便乗してからかってきて……。

でも親族として——叔父として守ってあげなきゃならないのは、間違いないから。

「わかってる。俺がなんとかするよ」

その答えに、エリはこっちを振り返って笑った。

カメラには写らない角度で、俺にだけ見せた笑顔は、にへら~と子供らしいそれだった。

―第二章― 来客

夏休みも目前に迫った、とある平日の夜のこと。

「そういえばエリ、夏休みの間はどうするんだ？」

いつも通りエリと一緒に食卓を囲んでいる最中、俺《おれ》はなんともなしにそう訊《たず》ねた。

ちなみに今日の献立はニラレバだ。夏バテ防止に、というエリの気遣《きづか》いが感じられる。

しかも臭み取りが丁寧なのか、血生臭さが一切《いっさい》しない。それに、薄くて固くてボソボソしたレバーでもない。レバー本来の甘味がジワッと広がる、絶妙な火の通り加減。

これまで食べたニラレバの中でも、群を抜いてレバーがうまいニラレバだった。

加えて、醤油《しょうゆ》ベースの炒《いた》めダレとニンニクの香《かお》りが鼻腔《びくう》をくすぐる。ちょっと甘辛なのが白ごはんともよく合い、なんならこのタレをごはんにかけてかき込みたいぐらいだ。

ほんと、なんでこんな料理上手なんだこの姪は……。

エリはまさに、そのレバーを口に含んだ直後だった。

しっかり噛《か》んで嚥下してから、首をかしげた。

「なにを？」

「ここへの通い。学校ないのに、わざわざうちに来るのか？」

エリが俺の家に通っていたのは、姉貴の仕事の都合で預かるという名目だ。だがそれだって、俺の家が通学路の途中にあったから成立していた話だ。

エリの自宅は、この辺から電車で二十分ほど離れてもいる。登下校がなくなれば必然、予定もない限りは近寄ることもない。

と、俺は思っていたのだが、

「うん、普通に来るつもりだったけど？」

エリはあっけらかんと答えた。

「面倒だろ。そんだけの用事のために、こっちまで来るのは」

「そんなことないよ。だいたい叔父さん、私が来てお世話しなかったら絶対餓死《がし》するじゃん」

「そこまで生活能力低くない」

人をなんだと思ってるんだ。伊達《だて》に十年、独り暮らしを続けてきてないんだぞ？

そもそも、俺の世話をするためって目的そのものが、エリにとってもったいない気もするんだよな……。

「もっと遊びに出かけるなりして、思い出作ってこいよ。陽子《ようこ》ちゃんとか誘ってさ」

「そういう話、陽子ともしてるけどさ。お金ないんだもん」

確かに、母子家庭でもあるエリの家は、裕福とは言えない。

エリが子役時代に稼いだ金はいまでも大事に残してあるらしいから、すぐに困窮するってほどじゃない。

でもそれはエリの進学に伴うお金だったり、万が一のための資金源として溜《た》めているもの。

それ以外では手をつけない、と姉貴が頑《かたく》なに誓っている金だ。

エリも小遣《こづか》いはもらっているだろうけど、余所《よそ》と比べたら自由に遊びに使えるほどではない、ということろか。

なら、自分が自由に使えるお金は、自分自身で工面するしかない。

「短期でアルバイトでもしてみたら？　人生経験のうちだ」

我ながらいい提案だな、と思っていると。

「じゃあ叔父さんのアシスタントするよ」

思わずガクッとずっこけそうになった。

一瞬のためらいもなく答えすぎなんだよ、この子……。

「でもお給料はいらない。ふたり分の晩ごはんの材料代でオッケーだよ。お得じゃない？」

アシスタントと言いつつ、結局はやってること、いつも通りじゃん。

しかも、そこに『仕事』的な意味合いを持たせようとしたら、ますます俺がエリを家政婦同然に扱っているみたいだ。

「そりゃあ、普段やってくれてることは充分、支払うに値するけどさ……」

「だったらいいじゃん、いままで通りで。遊ぶのだって、たまに近場で充分だし。ダメ?」

子供同然に、親戚《しんせき》に甘えてくる態度。

それ自体は嫌じゃないし、応《こた》えてあげたい。

ただ……。

「ダメじゃない。けどエリは、考えないといけないことがひとつ抜けてるぞ」

あまり説教くさいのは好きじゃないが……。

こういうのは大人として、家族だからこそ、はっきり言うべきなんだろうな。

改めて意を決する。

「エリはそうやって自分のしたいようにできている。でも、それを可能にさせてくれているのは、誰《だれ》だかわかるか?」

エリも、俺の改まった態度に気づいたんだろう。

空気を読んだのか、読めてしまったのか。明るかった表情が一変する。

「………お母、さん……」

「そうだ。エリの生活がこれ以上不自由にならないよう、夜遅くまで働いてくれている。だからエリは高校にも通えているし、ここにも通えている。それはわかるな?」

俯《うつむ》きつつも小さく頷《うなず》いたエリを見て、俺は優しく続ける。

「夏休みになれば学校に行かなくていい分、自由な時間が増える。それをどう使おうとエリの勝手だ、止めはしない。でもいま、エリは言ったよな。お金がないって。それが本心なら、エリはこの夏休みをどう過ごすのが一番有意義なのか、考えないといけない」

だからこそ、他《ほか》の選択肢に見向きもせず即断してしまうのは、エリにとってももったいない。少なくとも俺はそう思っていた。

「それに、エリの先々のことを考えるなら、もっと経験を踏んだほうがいい」

どういうこと？　と言いたげに首をもたげたエリへ、伝えるべきはシンプルな言葉ひとつ。

「芝居の世界に戻りたいんだろ？」

エリがハッとなったのを、俺は見逃さなかった。

「経験したことがそのまま糧になる、とは言わない。でもなんでもいいから、自分の中に経験と知識を取り込めば、いつかそれがお芝居の引き出しになることもある。本気で芝居の世界に戻ることを考えているなら、そういう努力はするべきだ」

ましてやエリは、一度は現役《げんえき》を退《しりぞ》いた身。そして、もはや子役でもない。いまのエリが芝居の世界に戻れば、求められる演技は子役以上に多種多様になるし、深みを要求される。

もし仮に基礎は同じだとしても、子役の延長で大人の芝居はできないだろう。

「過去の栄冠にすがって、なにもせず返り咲けるほど、甘い世界じゃないと思うぞ」

息を呑《の》んだように、エリは俺をまっすぐ見据えた。

改めて突きつけられた事実。それを深く深く受け止め、咀嚼《そしやく》しているんだろう。

これまで自ら気づけなかったあたり、やはりまだ高校一年生なんだな、とも思う。

さすがに厳しく言いすぎたかな、と気にもなった。

でもエリは、反発することなく飲み込もうとしている。

その度量は大したものだ。俺が高一のときは、たぶん持ち得ていなかった。

「だから例えば、普段は学校に行っていた時間の半分だけでもいいから、バイトに費やすんだ。それが終わったら、好きに時間を使えばいい」

最後は努めて、柔らかく伝える。

エリが時間をどう使おうが、エリの自由だ。エリの考えを真っ向から否定するつもりはない。

ただ、有意義な使い方は探せばいくらでもある。一方で時間は、どうしたって有限の資源。

それが伝わるだけでも、きっとエリは、自ら考えて選択できると信じて……。

「……その通りだね。考えが甘かったかも。せっかくだからアルバイトしてみる。ありがと、叔父さん」

よかった。俺の言葉が、変に歪曲《わいきよく》して伝わるようなことにはならなくて。

エリにバレないよう、安堵《あんど》の息を漏《も》らした、その直後だった。

「でも、叔父さんのところに来たかった理由、他にもあるの」

「そうなのか？」

なんだ。そういうことなら、もったいぶらずに言ってくれればよかったものを。

まあ、だからってきっと、時間の有意義な使い方については説教していたかもしれないが。

「ただ、ちょっと頼みづらいって言うか……」

「水くさいこと言うなよ。いまさらだなぁ」

普段は小生意気に、遠慮なんて全然してこないくせに。

だからこそ、こういう態度で頼みごとをされると断れないのが、我ながら姪に甘い叔父たる所以《ゆえん》なんだろうな。

「無理なものは無理って言うから。とりあえず話してみ？」

「それじゃあ、えっとね――」

＊　＊　＊

やがて、エリたち学生はあっという間に夏休みへ突入。

それからほどない、ある日の午後。

「お邪魔しまーす！」

「ようこそ、陽子ちゃん」

玄関のドアを開けると、うだるような暑さを忘れさせる元気な声が飛び込んできた。

ショートヘアに、うっすら小麦色の肌。初めて会う陽子ちゃんは、エリから聞いていた特徴通りの女の子だな、と思った。

初対面ということもあり、俺はできる限りのスマイルで出迎えた。

……が、エリはなんだか複雑そうだ。

「なんでそんなキレイな服装なの？　いつもだるだるの部屋着なのに」

「お客さんを迎えるんだぞ？　いつもの格好とはいかないだろ」

社会人として当然の振る舞いをしただけなんだがな。

そんなため息ついて呆《あき》れるほどのことだろうか？

「あはは、気にしなくてもよかったのに！　あたしはちょっと見てみたかったです、エリの叔父さんの部屋着姿！」

「さすがに身内にしか見せられないよ、勘弁してくれ……」

「ほうほう、身内……身内ですかぁ」

ニヤニヤと俺たちを観察する陽子ちゃん。表情がよく変わる子なんだな。

まぁ、それ以外にももしかしたら、くせ者なのかもしれないけど……。

「叔父と姪なんだから、そりゃ身内でしょうよ。そんなことより、早く上がろ？」

「しれっと自分ちのように振る舞うな」

などという野暮《やぼ》なツッコミは、キャッキャしているエリたちには糠《ぬか》に釘《くぎ》のようだ。

「うっそ！　あのSUGASHUNの動画編集してるの、結二《ゆうじ》さんだったんですか!?　すごーっ！」

　エリの準備してくれたお茶を飲みながら、改めて自己紹介をしていた最中、陽子ちゃんは今日一番に目を輝かせた。

　SUGASHUN――いまや知らない人はいないほどのトップユーチューバーのひとりだ。

「え、じゃあ実際に会ったことあるんですか？　どんな人なんですか!?」

「打ち合わせとか、プライベートで飲みに行ったりとかしたけど……動画のまんまの、陽気な兄ちゃんだぞ」

「そうなんだ～……すごいなぁ、超有名人のお友達が目の前にいるとか、かんどー！」

「別に知り合いなだけで、羨《うらや》ましがられるほどじゃないと思うけどな……」

　まあ高校生ともなれば、「有名人と知り合い」というだけで特別な人扱いしちゃうのも、わかる気はする。陽子ちゃんが特別ミーハーというわけではないんだろう。

「でも、意外だな。陽子ちゃんは、エリが元子役だって知ってて付き合ってくれてるんだろ？」

「はい、そうですねっ」

「有名人とか芸能人に興味ないから、エリと付き合ってくれてるのかと思ってたけど……」

「それとこれとは別ですよ～。だいたい絵里花《えりか》の場合、最近までは隠したいし触れてほしくないってスタンスだったじゃないですか。『元子役の子があたしの友達』って思っちゃうのも、そのスタンスに反しちゃうなって思って。だから絵里花は、有名人でもなんでもない、同級生の絵里花として友達になったんでっ」

陽子ちゃんの言葉には、なにひとつウソも誤魔化《ごまか》しも感じなかった。どこまでも明るく芯《しん》の通った本心だと伝わる。

それだけで、エリが中学時代を無事に過ごすことができたのは、陽子ちゃんとの出会いがあったからなんだなと理解できた。

「いい友達に恵まれたな、エリも……エリ？」

振り向くと、エリはなにやらジトーッとした面持《おもも》ちでこちらを眺めていた。

「どうした？」

「……なんでもない」

ムスッとしながらお茶を一口飲み下し、エリは続けた。

「そんなことより、本題に入ろうよ。なんのために来たのかわかんないよ」

「ああ、そうだったそうだった」

SUGASHUN

陽子ちゃんは持ってきていたカバンから、ペンケースやノートを準備し始める。

そうだった。今日の目的は、仲よくお茶会を開くためじゃなかった。

「叔父さんも。余計な雑談広げてると、いつまでも先に進まないじゃん」

「悪い。でも少しぐらい構わないだろ。別に、仕事じゃないんだから」

「それはそうかもしれないけど……」

打ち合わせだって、こういう雑談でほぐしてから本題に入ることは多い。

別段、変なことをしているつもりはなかったが……なんだかエリは不服そうだな。

「まあまあ。話し込んじゃったあたしが悪かったってことで。それで、さっそく結二さんにお願いがあるんですけど……」

陽子ちゃんが取り出して見せてきたのは、一冊の問題集だった。

「夏休みの宿題、手伝ってください！」

そう、これが今日、エリと陽子ちゃんがうちに来た最大の目的。

そして先日、エリが頼みづらそうにしていたことの全容だ。

なんでも陽子ちゃん、ひとりだと集中できず勉強が進まないらしく、まずエリが協力者に挙がった。

ただエリも、国語や英語など語学系は得意だが数学は苦手だ。それは期末テストの際に教えてあげていた俺も、よくわかっている。

そこで、『エリと一緒に勉強できる環境』と『数学を教えてもらえる環境』でいろいろソートした結果……俺の家での勉強という選択に行き着いたのだという。

ものの見事に、俺の都合はガン無視。だからエリも頼みづらそうにしていたわけで。

それでも、いろいろ条件付きで了承しちゃうあたり、俺は相変わらず姪の頼みごとには甘くなっちゃう、しょうがない叔父さんなんだろうな……。

「エリから聞いてると思うけど、俺も在宅で仕事してるから、付きっ切りってわけにはいかないよ。それでもいいね？」

「もちろんですっ！　ＳＵＧＡＳＨＵＮさんの動画編集のほうが大事ですもんね！」

「いやまあ、他にも大事な仕事はあるんだけどね」

「でも公開遅れたら暴動起きちゃうかもですし！　あたしも超ガッカリしますし！」

「清々《すがすが》しいまでに自分基準だね」

思わず苦笑いを零《こぼ》してから、続ける。

「とりあえず、わからないところとかはいったん飛ばして。あとで時間作って、まとめて見てあげる。それなら俺も仕事に支障出ないから」

「わっかりました！　でも多分、一問目から頼りたいかもです！」

「……とりあえず最初の十分は手伝おうか」

妙なところで堂々としてる子だ……。こっちの仕事のスケジュールは問題ない、よな？

その日は結局、夕方の四時頃《ごろ》まで勉強会は続いた。

うち、最後の一時間はふたりが躓《つまず》いたところの補足説明に時間を費やすことになったが。

「ありがとうございました、結二さん！　こんなに勉強がすらすら進んだの、初めて！」

「私からも、ありがとね叔父さん。やっぱり数学は頼りになるなぁ」

女子高生ふたりにこうも褒《ほ》められるなんてな。

さすがに悪い気はしないかも、と思うと、少し照れくさかった。

「ほんとほんと。説明もわかりやすいし。昔から得意だったんですか？」

「いや、普通ぐらいだったよ。でも、エリに頼られて一緒に考えたりするうちに、なんとなくわかるようになってきたっていうか」

人間不思議なもので、高校生の頃はよくわからなかったことも、この歳《とし》になって改めて学ぼうとすると、意外に頭へ入ってきやすかったりする。

学ぶことに対する意欲の問題なのか、これまでの経験に紐《ひも》付く思考力によるものなのか……いずれにせよ、なんでこれが高校生当時にできなかったんだろうと悔やむレベルで理解が進む。

「へぇ……やっぱ年の功ってやつですかね」

「それは余計年取ってるように聞こえるから、ちょっと違うんじゃないかな……？」

でも、言いたいニュアンスは伝わった。

それに、満更でもないとすら感じる。

照れ隠しついでに、手元のコーヒーをする……と、

「あと、思ってたより全然普通にカッコよくてビックリしました！」

「ごふっ」

陽子ちゃんの唐突な一言にビックリしてしまった。

シャツにコーヒーのシミが……ちょっと気取って白いシャツなんか着たのが徒《あだ》になった。

「ちょ、叔父さん！　汚いよ、もう……」

「わ、悪い……いきなり変なこと言い出すから」

「変なことじゃないですよぉ。絵里花から最初に聞いてた感じだと、もっとだらしないダメ人間なのかなって思ってたから。意外としっかりしてるんですね」

「……エリは俺のこと、なんて話してたんだ？」

「べ、別に普通だよ。優しくて、落ち着いてる大人な性格で……」

「でもこの前言ってたじゃん。『私が構ってあげないと洗濯も掃除もごはんの支度もできなくて、餓死しちゃうと思う』って」

「う……」

「それが事実なら、俺はとっくにこの世を去ってる」

「あれは……そう！　言葉の綾《あや》だから！　そういうことにしておいて？」

苦しい言い訳だなぁ。

確かに多少ズボラなところはあるかもしれないが、餓死しちゃうは言葉の綾で片付けられるレベルのホラじゃないぞ……。

「とりあえず、そのシャツ洗濯するから脱いで。布巾も新しいの持ってくる」

乱暴に脱がされたシャツを持って、洗面所のほうへ小走りに向かうエリ。

気にしなくていいのに……と後ろ姿を眺めていると、ふと陽子ちゃんが言った。

「ででも、絵里花の言う通りですよ？」

「……俺、そんなダメ人間に思われてるの？」

「違いますよー。優しくて大人で、ってとこです。まあ餓死とかなんとかって心配してたのも本当ですけど。でも、結二さんのことを話すときの絵里花、すっごく楽しそうなんです」

「……楽しそう、か」

「中学の頃に比べたら、学校でも楽しそうにしていることが増えたし……ちょっと安心してるんです、あたし」

高校での生活ぶりを、俺はこの目でハッキリ見たわけじゃない。

エリ本人も、楽しいとは口にするものの。それは主観でしかないし、容易にウソもつけてしまう。

だから、こうして第三者の目で見た姿を知れると、だいぶ安心感が違った。

「もしかしたら、結二さんのおかげかもしれないですね」

「俺の？」

意外な言葉に、思わず聞き返してしまった。

「毎日結二さんに会えるから、学校に行くのも楽しみでしかたないのかも」

そういうものなんだろうか？

俺たちは、たかだか叔父と姪の関係だ。

もちろん慕われているのはうれしいし、親戚として、家族として、守ってあげたく思う。

だからこそ、うちへの通いを認めている。

でも、それだけだ。特別なことをしている意識なんてなにもない
けど――

「そうか……」

そのおかげでエリが毎日を笑顔で過ごせるのなら、叔父としてこんなにうれしいことはない。

第三章 夏休み

What kind of partner will my niece marry in the future?

その日を境に、エリたちは週に二回ほど、昼過ぎから夕方にかけてうちに集まっては、宿題を協力して進めるようになった。

陽子《ようこ》ちゃんは部活の練習があるものの、昼過ぎに終わる日や休みの日を狙《ねら》って、エリと予定を合わせているそうだ。

一方のエリは、俺《おれ》の言ったことを気にしてか、うちの近所のスーパーでバイトを始めた。

わざわざその店にしたのは社割が利《き》くかららしい……が、他《ほか》にも理由があるのは間違いないだろう。ここに通いやすいとかな。本人は口にしないけど。

俺は俺で、エリたちの手伝いをしつつ仕事漬けの毎日だった。

合間合間でなつきと【サ行企画】の件で話したり、撮影に出かけたりするが、基本的には相も変わらず家にこもってばかり。

大人にとっては、夏休み期間なんてものは学生ほどハッキリしていない。特別感なんて皆無だし、『仕事をしているだけ』という意味で言えば、いつもと代わり映えのしない日々だ。

でも今年は、去年までとはちょっと違う。エリが通い、ときには陽子ちゃんが来て勉強を見てあげる。そんな些細《ささい》な彩《いろど》りが、いつも以上に時の流れを早く感じさせた。

それはきっと、ひとえに俺自身も、日常にささやかでも変化を欲していた、という証左なのだろう。

そうして気づけば、八月も中旬に差し掛かっていた……そんなある日。

「終わったー！」

窓の外が夕焼け色に染まり始めた頃《ころ》。

陽子ちゃんが解放感たっぷりに叫んだ。

「やっぱ、夏休みの宿題がもう全部終わっちゃった。新記録だよ」

「意外とサクサク終わったね。がんばったがんばった〜」

ふたりしてごろんと床に寝転がる。

夏休み当初にエリたちが立てた『ふたりで俺の家に来て宿題をする』という作戦は、みごと功を奏したようだ。

手伝っていた俺としても、喜ばしい結果だ。

「ようやくこれで、ふたりとも、気兼ねなく羽を伸ばせるな」

実際エリも陽子ちゃんも、遊びに出かける頻度は多くない様子だった。

特に、エリは遊ぶことよりバイトと俺んちへの通いに時間を費やしていたし……。

「せっかくだから、どこか遊びに行ってきたらどうだ？　近場で日帰り旅行とか」

「旅行……確かに、がんばったご褒美《ほうび》にはいいかも！　海とか行きたいね」

「海かぁ……」

陽子ちゃんの提案に、うーんとエリは唸《うな》る。

「あれ、海やだ？」

「嫌じゃないけど、わりとしょっちゅう行ってたから。あまり特別感ないっていうか……」

「そうなんだ。いいなぁ」

「エリのお祖母《ばあ》ちゃんち……つまり俺の実家が、海に近いところなんだ。それで、帰省するついでに遊びに行ったりしてたんだよな、エリは」

俺の実家は茨城《いばらき》県の北部にある。あの辺りは常磐《じょうばん》線や常磐道、国道といった動脈が海岸寄りなこともあって、居住区域もその近辺に集中している。

だから意外と、海は特別な存在ではなかった。

「……あ！　それなら、いいこと思いついた！」

本当に頭上で電球が灯《とも》ったように、陽子ちゃんが明るく続ける。

「やっぱ海行こうよ、海！　ゆっくり一泊！」

「海はいいけど、一泊？　さすがにお金が……」

「それなんだけどさ。エリのお祖母ちゃんち、泊めてもらえたりしないかな？」

なるほど。確かにそれなら宿代は浮かせられるし、エリだってついでに帰省ができる。

たまに帰るだけとはいえ、それなりに勝手知ったる土地だ。危ないこともないだろう。

「なら、俺のほうで聞いてみようか」

「いいの、叔父さん？」

「ダメな理由はないだろ。それに孫に甘い人だし、家は無駄に部屋も余ってるし、断ったりしないって」

「ありがとうございます、結二《ゆうじ》さん！　やったやったぁ、海、久々だなぁ♪」

もうすでに陽子ちゃんは行く気満々の様子だ。宿題からの解放感も相まって、抑え切れないんだろう。

一方で……エリはまだすんなりと乗り切れていない様子だった。

「どうした？」

声をかけると、エリはこちらを窺《うかが》うように見つめてきた。

「叔父さんは、来ないの？」

「……俺？」

なぜそこで、俺の名前が挙がったんだろう？

「叔父さんもずっとお仕事詰めで、休んでないでしょ？　叔父さんも一緒に羽伸ばそうよ」

なるほど、そういう気遣《きづか》いか。

休みたいのはやまやまだけど、仕事を詰め込んじゃっているんだよな。まあ、一泊ぐらいなら休めないこともないが……。

ただ、近々また【サ行企画】の撮影も予定している。その日程やロケ地によっては、ブッキングして厳しいかもしれない。

そう考え込んでいると、エリはさらに俺へ甘えるように、服の裾《すそ》をクイッと引っ張った。

「ねえ、だめ？」

甘えん坊な子供か。

普段は大人っぽく振る舞おうとしつつ、こうして都合よく子供らしさを使い分けてくるから困る。

なまじ演技力も高いからな。断らざるを得ないことでも、罪悪感は募るが……。

「ちょっと考えてみるから。ちょうど今日、八月後半の予定を決める打ち合わせがあってさ。明日明後日《あさって》には結論出すよ」

たちまち、雲が晴れたように笑みを浮かべるエリ。

わかりやすい反応だなぁ、本当に。

「いやぁ、叔父さん冥利《みょうり》に尽きますなぁ」

そうやってニヤニヤと眺めるのはやめてもらっていいかな、陽子ちゃん。

楽しそうなのは、なによりだけども。

＊　＊　＊

そして、夜。

なつきと【サ行企画】の撮影内容やスケジュールについて、通話で話し合っていると。

『――って内容にしたくて。海で撮影したいんだよね』

「こっちでもか」

あまりにもタイムリーな要求に、思わずツッコミを入れてしまった。

電話越しにも、なつきが困惑したのが伝わってくる。

『こっちでも？』

「ああ、いや……実はさ」

ちょうど夕方に起こったことをなつきに伝える。

なつきは「な～んだ」と軽く受け取って、

『ならちょうどいいじゃん。同じ日に撮影しちゃおうよ。そうすれば結二もスケジュール組みやすいでしょ？』

確かに【サ行企画】の撮影と併せてしまえれば、都合がいいのは間違いない。

なつきの提案はまさしく、渡りに船だ。

「なつきがそれで不都合とかないなら、あやかりたいけど……」

『ないない、あるわけない。むしろこの目に焼き付けたいぐらいだよね』

「……なにを？」

『いまどきの女子高生が夏に海だよ？　アオハルかよ！　絶好の取材対象じゃん！』

そういえば、なつきはこういうやつだったな……。

自分の欲求に素直というかなんというか。

『滅多にない機会だもん。最近の高校生事情、お姉さんが根掘り葉掘り聞いちゃおっかな♪』

「……お姉さん？　誰《だれ》が？」

『おうおう、喧嘩《けんか》なら買うぜ結二』

ヤバい、ついうっかり余計なことを口走ってしまった。

ただ、三十路《みそじ》を目前にした俺たちが「お兄さん」「お姉さん」を自称するのは、さすがに無理があると思うんだよな。

「残念ながら非売品なんだなぁ、これ」

『うるせぇうるせぇ、買い手がいるんだから売りやがれ』

「え、むしろ喧嘩したいの？　勘弁してくれ、俺は嫌だ」

『最初に売りかけたのはそっちでしょうが』

などと即興で披露したコントに、ふたりで笑い合って決着をつける。

ひとしきり笑ったあと、なつきは言った。

『にしても、結二の実家のほう、かぁ』

「どうした？」

『いや、もしかしたら結二のルーツでも知れるのかなって思ってさ』

「知ってどうすんだよ、そんなもん」

大しておもしろくもないルーツだ。

なにもない田舎《いなか》に生まれ、それ故《ゆえ》に趣味がインドアに偏り。

およそ青春と呼べるようなものとは、縁もゆかりもない時代を過ごした場所だ。なにせ、この歳《とし》でもう、思い出せる記憶なんてたかが知れているんだから。

土地そのものを否定するつもりはない。自分の生き方を自分で選んできた結果がそれだっただけ。

ただ、この田舎に生まれなければ違った未来もあったかもしれない、と感じるぐらいには、俺の土台として根付いている。

故にルーツなのは間違いない……が、知ったところでもおもしろみなんてない。

『そういうのも含めて『その人のことを知りたい』って思うことは、普通にあるでしょ』

「まあ、よっぽど興味のある相手だったらそうかもしれないけど……え、なに。なつきがそうだってこと？」

『だったらどうする？』

意地の悪いやつだな。質問を質問で返してくるとか。

なつきが俺に興味があって、ルーツも含めて知りたい？　いまさら？

俺たち、専門学校のときからの友達なのに。

だったらどうする、か。

「次の脚本、俺がモデルのキャラ出す予定なの？」

たちまち、なつきは爆笑した。耳が痛い。

『まあ、脇役ぐらいの席は作ってあげるよ。うだつの上がらない動画編集者として』

「悪意しかない設定だな」

『で、メインヒロインにずっと片思いしてる、噛《か》ませ犬にでもなっちまえ』

「やっぱ悪意しかないだろ」

思わずため息が漏《も》れた。別になんでもいいと言えばいいが、脚本家の悪意で誇張されるのはさすがに遺憾だ。

だが俺の正当な抗議は、次の一言でキレイに返されてしまう。

『相手が結二だからだよ』

「え？」

『よっぽど心許してる相手じゃなきゃ、こんなふうにネタにできないって』

「…………」

要するにいち友達として――下手したら一番仲がいい関係と思える人間だからこそ、俺はネタにしてもらえそうってことか?

なるほど、そういう最低限の尊重があるなら……と思いかけたところで、

「結局ネタ要員じゃねぇか」

『あはは、そういうところは目ざといやつ』

今度会ったらしばいたろか、と思いつつ。

なんだかんだ、なつきが楽しそうにしているのがわかると、俺もついほころんでしまうんだよな。

第四章 姪が水着にきがえたら

What kind of partner will my niece marry in the future?

「「海だー！」」

白い砂浜の上、青い海を前に、エリと陽子《ようこ》ちゃんがせーので飛び上がる。

「高校生は元気だねぇ……」

アニメなどでよくあるそれを、まさか本当にやる人がいるなんてな……。

などと思いながら、俺《おれ》は眼前に果てなく広がる海原を眺める。

押し寄せるうねり、そこかしこで爆《は》ぜる波の音、漂うはほんのりと甘い潮の香《かお》り。

俺は本当に、海に来ているんだなぁと思い知らされる光景だ。

もっとも俺は、あまりの暑さにはしゃぐ気力もない。パラソルの下でぐったりしていた。

「ほんとねぇ。あの子たちみたいな若かりし時代が懐《なつ》かしいわ」

ふと隣から聞こえてきたのは、ため息交じりのなつきの声だった。

同意しようと振り向いた……のだが、

「遊ぶ気満々じゃねぇか」

膨《ふく》らませた浮き輪に腕を通し、肩で担《かつ》いでいるなつきが立っていた。

すでにバッチリ水着姿だ。黒のビキニスタイル。説得力が欠片《かけら》も見当たらない。

「そりゃあ海だもん、多少遊ぶに決まってんでしょ」

「一応、【サ行企画】の撮影もあるんだが?」

「わかってるって～。ていうか、結二《ゆうじ》はなにもしてないのに疲れすぎじゃない?」

「朝早かったからだよ」

俺たちの生活圏から現地までは、電車を乗り継いでおよそ三時間。

現時刻が十一時前であることを考えれば、いかに早起きが必要だったかおわかりいただけるだろう。

あと、そもそも普段、十時起きの生活をしている身であることも考慮すること。

「それに、暑いのは得意じゃない」

「やだやだ、おっさんみたいな発言しちゃってさ」

「アラサーはしっかりおっさんだよ」

などとぶつくさ言いながら、なつきはパラソルの下にしゃがみ込み、レジャーシートの上に荷物を置く。

他《ほか》にもシートの上には、エリや陽子ちゃんの私物も置いてある。誰《だれ》かしら荷物番は必要な状況だしな。休憩しながらならちょうどいい。

「でさぁ、今日の撮影の段取りだけど」

「ん？　ああ………っ」

声をかけられてなつきのほうに視線を上げ、まず率直に思ったことは――


やっぱ、でっけぇな。


なつきの胸元《むなもと》は、しゃがむため折った膝先《ひざさき》に当たって、柔らかそうに形を変えていた。

さっきは浮き輪に隠れて見えにくかったが、その双丘の存在感はかなりのものだ。

着痩《きや》せするタイプだからだろうか？　普段は気にならないんだけどな。脱ぐとすごい、ってのはこういうことを言うのかと思わされる。

むしろ水着のサイズ合ってんのか本当に、と思わずにはいられないほど、いまにもポロリといきそうなんだが……俺が気にしすぎなのか？　女子は意外と気にならないのか？

……いかん。まさか、なつき相手に男の性がうずき出そうとは――

「おいこのスケベ」

真正面から辛辣《しんらつ》な声を投げつけられ、我に返る。

あぶねー。あとちょっとで立ち上がれなくなるところだった、シルエット的な意味で。

なつきはジト目で俺を射貫《いぬ》く。

「視線バレバレ」

「悪いとは思ってる。……けど、見るなってほうが無理あるだろ」

「素直に吐けば許されると思ってんのか、おっぱい星人」

浮き輪でげしげしと突かれる。浮き輪のビニールのひだひだが地味に痛い。

「あー、おっきな浮き輪！　いいなぁ」

なつきとやり合っていると、陽子ちゃんとエリがパラソルに戻ってきた。

エリは上半身にパーカーを羽織っているし、陽子ちゃんは手と膝が砂で汚れている。まだふたりとも海には入らず、砂場で遊んでいたらしい。

「よかったら使う？」

「いいんですか、なつきさん」

行きの電車で、既になつきは陽子ちゃんとも自己紹介をすませていた。

明るい性格の陽子ちゃんと、明け透けな物言いが多いなつきは、わりとすぐに意気投合していた。

「ただ、ひとりで使っちゃダメだよ。沖に流されたら大変だから」

「え、じゃあなんでなつき、ひとりで準備してたの？」

「あんたも海に入ると思ってたからだよ」

ああ、そういう……浮き輪に尻《しり》をはめたなつきを、俺が従順に引っ張る絵を想像してたってことか。

「やった♪　ありがとうございます！」

陽子ちゃんはそう、うれしそうになつきから浮き輪を受け取ると、

「……………え、でっか！」

なにを見てそんな素《す》っ頓狂《とんきょう》な声を上げたかは、まあ、お察しの通りだ。


その後、エリと陽子ちゃんはふたりで海へ入りに行き、なつきは撮影する画の確認などを俺とすませたあと、ふらりと撮りに出かけた。

俺はまだ本調子というわけじゃないので、荷物番も兼ねてパラソルの下で待機させてもらうことにした。

こんなになにもしない時間を過ごすのも、久しぶりな気がするな……。

波の音を聴いているだけでも、心が洗われるようだ。意外に自分の体は、休養を欲していたのかもしれない。

自分のカバンを枕《まくら》代わりにして、ごろんと寝転がる。

ずっと体の奥で大人しくしていた睡魔が、ここぞとばかりに頭の中を蕩《とろ》けさせていく……。

「叔父さん？」

呼びかけられて目を開ける。俺の足下に水着姿の女性が立っていた。

眩《まぶ》しいぐらいの白いビキニ姿で、アンダーはパレオで覆われている。自然に生まれたスリットから見える素足が、しなやかで健康的だ。

トップはささやかなフリルがあしらわれており、かわいらしくもほんの少しだけ蠱惑《こわく》的だ。

そしてさらに視線を上げれば、長い髪をポニーテールに結った、普段とは一段と雰囲気の違うエリの顔があった。

それは比喩《ひゆ》でもなんでもなく、本当に一瞬だけエリなのかどうが判断に迷ったほど、存在感が様変わりしていたのだ。

「大丈夫？　熱中症？」

「いや。ボーッとしてたら眠くなっただけ」

どうやら横になっていたから、心配をかけてしまったらしい。

「なら、よかった」

「で、どうした？　なにか荷物取りに来たのか？」

「うん、スマホ。写真撮ろうと思って」

「そうか。ふたりとも楽しんでるみたいだな」

「うん！　すっごく気持ちいい。水着、新調してきた甲斐《かい》があったかも」

エリはうれしそうに、目の前でくるんと回ってみせた。そして、水着モデルのように軽くポーズまで取る。

ジュニアモデル系の仕事は未経験のエリだが、水着モデルらしいポーズはバッチリ再現できていた気がする。

所作を完璧《かんぺき》にトレースできる、エリの役者としての能力のひとつか……さすがだな。

そう感心していると、

「ねえ、どう?」

エリは唐突に訊《き》いてきた。

「……どう、とは?」

「感想っ。かわいいかわいい姪っ子の水着姿だよ? 現役《げんえき》JKだよ? なにかあるでしょ」

いや、ないでしょ……と素っ気なく返事するのもかわいそうに感じ、

「叔父が姪の水着姿見てなにか言おうなんて、キモすぎだろ……」

「そんなことないよ。むしろ私がほしいの。ほらほら……どう?」

エリは改めてポージングする。今度はどちらかと言えば、グラビアに近いポーズだった。

確かに、初見で女子高生とは思えないほどのオーラを感じさせる。

スッと伸びた背筋に、無駄な肉のないボディーラインの曲線美は、大人顔負けで美しい。出るところはほどよく出、一方でちゃんと引き締まってもいる。

さらには、その麗しい肉体を包む水着の明るさも相まって……。

いやいや。実の姪を相手に、なに真面目《まじめ》に観察してんだ俺は。変態か。

どう感想を言うか迷ったが、当たり障りのないところを押さえるとすると、

「まあ、似合ってるんじゃないの？　かわいいよ」

「……それだけ？」

変なねだり方をしてくるな。なにを期待してるんだ？

「他になにを言えと」

「一応、測ったらCはあったんだけど」

測ったらC。つまり、目の前の少女はCカップ……。

とまで思案して、あまりの馬鹿馬鹿《ばかばか》しさにため息をついた。

「この世のどこに、姪の胸のサイズに興味持つ親戚《しんせき》がいるんだよ……アホか」

だが、男の性はしょうもないと自己嫌悪を覚える。

確かに、水着姿だからハッキリ伝わるエリの女性らしさは、目のやり場に困るのだ。

変態と自分を罵《のの》りつつも……魅力的に感じた事実は、偽《いつわ》りようがなかった。

だからって、素直に口に出すと本当にヤバい変態にしかならない。誤魔化《ごまか》すセリフを必死に探す。

「あー、すごいすごい。同世代の男子はメロメロだろうな」

「むぅ……気持ちがこもってない」

「込めてるって。そんなふて腐れなくても……」

なんだなんだ？

今日のエリは、妙に子供っぽいと言うか、しつこい気がするな。

どう答えるのがいいんだろうと頭を捻《ひね》る……が、

「……えへへ、うっそー」

エリはすぐに、ニパッと笑顔を咲かせた。

「年甲斐もなく照れ屋な叔父さんにそこまで言わせてやったし、満足満足」

さっきとは打って変わって機嫌もよさそうだ……生意気だけど。

やっぱり、単なる軽いおねだりでしかなかったのだろうか？

自分のカバンに手を伸ばすエリを見つめながら、なんとも釈然としない気持ちを飲み込む。

「……あれ？」

立ち上がったエリが、ふと声を漏《も》らす。

目を向けた先になにかを見つけたのだろうか？　俺も釣られてそっちに視線を走らせた。

同時に、エリが続ける。

「……ねえ、佐東《さとう》さんじゃない？」

視線の先は、ひと気の少ない堤防の脇。そこに、黒いビキニ姿のなつきがいた。

問題は、その周りに見知らぬ男がふたり、群がっていたことだ。

「ナンパ……かな？　されてるところ、初めて見た……」

なつきは確かに、身内贔屓《びいき》抜きに見てくれがいい。美人だしスタイルもいいとなれば、目立ってああいう事態になるのも頷《うなず》ける。

正直、なつきは「嫌なものは嫌」とハッキリ言える性格だ。だから心配なさそう……。

いや。逆に物言いがハッキリしすぎている分、相手を怒らせてしまう可能性もあり得るな。

しょうがない。

「叔父さん？」

「ちょっと助けに行ってくる」

なつきひとりでもあしらえるとは思う。

思う……が、万が一逆上でもさせようものなら、二対一だ。ひと気がない場所でなにをされるか、わかったものじゃない。

三人の声が届く距離にまで近づくと、なつきと目が合った。

ハンディカムを持ってこの辺りで撮影していたところを、ナンパされたってところか。

「……あっ、結二」

「どうした。大丈夫か？」

なるべく自然に、穏やかな声で話しかける。

「いやいや、お前誰だし。狙《ねら》ってたの俺らが先なんですけどー」

明らかに日サロで焼いたような小麦肌に、厳《いか》ついサングラス。

たちの悪い輩かな、と警戒しつつ、やんわりと双方の間に入る。

「すみません、なつきは自分の連れなんで」

「お前が？　どう見ても釣り合ってなくね？　マジで言ってんの？」

「そうっすね。彼女、美人なんで同感です。……でも、事実なんで」

相手の言葉に同調しつつ、改めてこっちの主張を強める。

これで引いてくれれば御の字なんだが……。

「ホントかよ、全然納得いかねーわ。マジで連れ？」

まあ、無理もないか。美人ななつきに対して、俺は体つきもヒョロい眼鏡《めがね》野郎だからな。

でも、ここでひるんだり曖昧《あいまい》な言葉で濁《にご》すと、しつこくつけ込まれそうだし。

「そう言われても……」

こうなったら、ウソも方便、だな。

「俺の彼女で、間違いないんですよ」

ナンパ男ふたり組の纏《まと》う空気感が、明らかに変わった気がする。

ハッキリと彼女宣言したのは、効果てきめんだったのかもしれない。

近くに弘孝《ひろたか》とかいなくてよかった……妙な勘違いをされないとも限らないからな。

「……だってよ。マジなん？」

男のひとりが、なつきを見て問う。

大丈夫。なつきはこれが冗談だと察して、口裏合わせてくれるはず。友達として付き合いが長い分、そういうところは全幅の信頼を置いている。

言葉で肯定してもらって、ガチガチに守りを固めれば、ナンパ男たちも諦《あきら》めて――


フニッと。頰《ほお》に触れるものがあった。


腕ごと抱き寄せられ、その拍子《ひょうし》に触れてきたのは、しっとりとした柔らかい感触のもの。

加えて、目の前で啞然《あぜん》としている男ふたり組の様子……結論はひとつだ。

「そっ。この人、私の彼氏♪」

なつきが俺の頰にキスをしたんだ。

口裏を合わせるどころじゃない。彼氏彼女という関係性らしい行為を、実演してみせたんだ。

さらには人の腕に抱きつき、恋人繫《つな》ぎまで……さすがに俺も絶句だ。

……けれど。

「んだよ、イチャイチャしやがってさ。マジうらやまなんだけど」

「てか、彼氏ならほったらかすなって……。まあ、悪かったよ」

いろいろ黒い男ふたりは、そう言い残して立ち去っていった。

最後はぶっきらぼうでも謝ってくれたことに驚きつつ……それ以上に未《いま》だ整理がつかないの

は、なつきの取った行動だ。

「あー、しつこかった」

しっかり距離が開いたのを確認してから、心底呆《あき》れたようになつきが毒づく。

「なに言っても離れなくてさ。やれジェットスキー持ってるとか、やれうまい肉と酒があるとか……興味あっても知らん人と遊ぶかっての。ねえ？　……結二？」

「あの、いつまで抱きついてんの？」

いくらナンパ男に見せつけるためとはいえ、抱きつきすぎじゃないだろうか？　俺の細腕が、ものの見事に谷間へ挟まれている。

なつきはなにが楽しいのか、ニヤニヤしていた。

「だって彼氏なんでしょ、私の。これぐらいは役得じゃん」

「あいつらを追い払うウソのつもりだったんだけど？」

「わかってるってば、冗談冗談。でもリアリティーあるでしょ？」

「百歩譲って、リアル追求のために抱きつくのはいいとして……キスはやりすぎじゃあないですかね」

頬にはいまでも、唇の感触が残っている。

もう久しくそういった行為から離れているためか、生々しい余韻《よいん》に年甲斐もなくドギマギしてしまう。

「別にいいじゃん、減るもんじゃあるまいし。だいたい私ら、歳《とし》いくつよ。そういうの気にするほどガキじゃないでしょうが」

そうかもしれないが、だからと言って節操なしというわけでもない。

たかだか頬へのキス程度でも、特別な意味を持つ行為なのは変わらないんだから。

「わかったよ、ゴメンって。ちょっと調子に乗った。でも追い払えたんだし、結果オーライってことで許してよ」

「別に怒ってはいないけどさ……」

「そっ？　じゃあとりあえず、パラソル戻ろ」

なつきはそのまま、俺の腕を引くように振り返って歩き出した。

「撮るものは撮ったしさ。あとは思いっきり遊ぼう♪」

まあ、いろいろビックリはしたものの。

楽しそうにしているなつきを見て、とりあえず何事もなかったことは、素直に喜んでおこうと思うのだった。

＊　＊　＊

私はいま、なにを見てしまったんだろう。そう思った。

助けに向かった叔父さんのことが心配で、その様子を遠巻きにずっと眺めていた。

いざとなったら警察を呼ぼうとすら思って、待機していた。

でも、そんな心配を余所《よそ》に目の前で繰り広げられたのは、佐東さんが叔父さんに抱きつき、なにかをした瞬間。

……いや、さすがに私だって十五歳の女子高生だ。

誤魔化すまでもなく、理解している。

佐東さんは叔父さんの頬にキスをしたんだ。

人目も憚《はばか》らず、堂々と。

それは、目の前の男性ふたりに見せつけて、撃退するための演技なのかもしれなかった。

というか、叔父さんと佐東さんの関係を知っていれば、十中八九、そうだとも思う。

でも——真実はどうだろう。

私は叔父さんでもなければ、佐東さんでもない。ふたりの心の内まではわかるはずもないし、ふたりがどういう関係になっているかも知らない。

お付き合いをしているわけではなかったはず。だけど、この数ヶ月の間に進展があった可能性は？　叔父さんも最近は全然、婚活アプリを開いている様子もない。それって彼女、あるいはそれに近い存在ができたからじゃないの？

そのすべての解になるのが、いままさに目撃した、佐東さんのキスなんじゃないの？

……ジュクジュクとした、得体の知れない感情が心臓に纏わりつく。

なにこれ、気持ち悪い。

ナンパしてきた男性ふたりは、叔父さんたちの元を去っていった。

なのに叔父さんと佐東さんは、相変わらずベタベタしている。

大人の男女の友情って、ああいう距離感が普通なんだろうか？

彼氏彼女じゃなくても、ああいう距離感が当然なんだろうか？

……って、なに考えてるんだろう、私は。

別に、ふたりがどういう関係に発展しようが、私には関係ないのに。

雑念を払うように、ゆっくりと息を吐く。

そうしている頃《ころ》には、叔父さんと佐東さんはパラソルに戻ってきていた。

私の存在に気づいてか、佐東さんはちょっとだけ慌《あわ》てた様子で、叔父さんから離れた。

なにに対しての気遣《きづか》いだろうか？　出所のわからないイラ立ちが、ピリッと走る。

「もしかして絵里花《えりか》ちゃん、ずっと見てた？」

「はい、まあ……心配で」

でも、だったらなんですか？　そんなばつが悪そうな顔してないで、堂々と彼女のフリぐらい貫けばいいのに。

……などと、言えるわけもなく。

精一杯、平静を装って答えた。

「でもよかったです、何事もなくって」

「ほんとほんと。感謝しなくちゃねぇ、叔・父・さ・ん」

からかうように言いながら、佐東さんは持っていたカメラをカバンにしまう。

代わりにペットボトルを取り出すと、キャップを開けて飲み始めた。口の端から溢《あふ》れた飲料が頬を伝い、首筋を経由して深い谷間へ流れ落ちる。

同性の私でもつい視線が行く、女性らしい膨らみだ。たぶん、Fはあると思う。下手したらG？　なにをどうしたらそんなに発達するんだろう。

と、無意識に比べそうになった意識を振り払う。そんなの比べたってしょうがないことだ。

「それより、陽子ちゃん待ってるんじゃないのか？」

「……あ、そうだ」

叔父さんに言われて、やっと思い出した。

陽子の写真を撮ろうとスマホを取りに、ここへ戻ってきたんだった。

それに、ちょうどいい。なんとなく、このままここにいるのは胸焼けがしそうだったから、離れるタイミングを見計らってもいたし。

けど、陽子の元へ向かおうと踵《きびす》を返したときだ。

「あとでうちらも混ざっていい？　一緒に遊ぼうよ」

事もなげに、佐東さんは言う。

わかっている。この人は悪い人ではない。

初めて会ったときから、どこか本心の読めないところは感じていたけど、ただ単に叔父さんの学生時代からの友人で、有名な売れっ子脚本家さん。

それだけでしかない。それだけでしか、なかった。

でも、だからこそ。

それ故《ゆえ》に滲《にじ》み出てきている余裕みたいなものが、なんとなく……私をモヤモヤさせる。

「陽子にも訊いてみますね」

こういうとき、芝居ができる自分でよかったと思った。

ちゃんと笑顔で返せるから。

早足で陽子の元へ戻る。彼女は砂浜に寝転がり、埋まっている状態だった。

「遅いよ絵里花～。あたし、ずっとさらし者だったんだけど！」

「ご、ごめんごめん。スマホ見つからなくて」

陽子の発案で、彼女を砂に埋めてそれを撮ろうとなっていた。確かに、この状態での待ちぼうけは寂《さび》しい上に、恥ずかしいものがあるよね……。

ただ、埋まっている陽子をファインダーに収めて、改めて思うことがあった。

「……やっぱりこれ、なくていいんじゃない？」

埋まっている陽子の、ちょうど胸の部分。

大きく山高に盛られた砂を、私は真っ平らに整形していく。

「ええ～！　ちょっと！　せっかく豊胸したのに～！」

陽子の悲痛な声は、海原へと吸い込まれていった。

＊　＊　＊

なつきの提案通りエリたちに混ざって遊んだり、海の家で昼食をすませたりしているうちに、時間はすっかり十四時を回っていた。

エリたちはまだまだ飽きが来ないのか、海辺で遊んでいる。ボディーボードを借りたりしてレジャーを楽しんでいた。なおレンタル代は俺持ち。

そんな俺はと言うと、遊び疲れたのか暑さにやられたのかはわからないが、再びパラソルの下で休んでいた。もっとも今日一日、休んでいる時間のほうが長いんだが。

エリたちには、俺の見えるところで遊んでいるよう伝えてある。ワイワイと楽しそうにしている様子を遠巻きに眺めながらボーッとしている……と。

「――っ」

ビックリして肩を跳ねさせる。突然の冷感が首を襲った。

どうやら、冷えたペットボトルを当てられたらしい。

「すっごい驚きよう。やばっ、ウケる」

振り向けば、なつきがけたけたと笑っていた。

特に文句を言うわけでもなく、俺はボトルを受け取った。

「エリたちと遊んでこなくていいのか？　取材、したいんじゃないの？」

「充分したよ？　で、ちょっち疲れたから休憩」

よいしょ、と隣にあぐらをかいて座り、なつきは続ける。

「それに、誰かさんがぼっちだから構ってあげようかなって」

「そりゃどうも、余計なお世話でございますよ」

「またそうやって」

クスクスと笑うなつきに釣られ、俺も小さく笑ってしまう。

「言いそびれてたけど、さっきは助けてくれてありがとね」

「……ああ、ナンパ？」

ずいぶんと時間差のある感謝だな。まあ、ないことをとやかく言うつもりはなかったし、強要もしてなかったから、構わないけど。

「話し合わせるために冗談であういうことしたけど……意外とカッコいいとこあんじゃん、て思ったのは本心」

「ん……そうか」

悪い気はしない、というかちょっと照れくさかった。

仕事を褒《ほ》められるのは慣れてるが、あのなつきにこうも素直に人間的な面を褒められるのは面映《おもは》ゆいものがある。

「ちょっと、昔を思い出したかも」

「専門の頃とか？」

「そっ。あんた、こう、いまより熱があってぐいぐい来るところあったじゃん？」

「そう……だったかな。そうだったかもな」

「ガキくさいなぁって思うこともあったけど、そういうとこ嫌いじゃなかったからさ。なんか懐かしーって思ったわけ」

「若干《じゃっかん》、ディスり入ってない？」

苦笑しつつ、横目になつきを窺《うかが》う。

彼女が、意外と近いところに座っていることに気づいた。肌の触れ合う距離ではない……が、妙にじりじりと彼女の体温を感じる。そんな錯覚を覚えそうな距離。

その幻覚から意識を逸《そ》らそうと、なんともなしに前方を眺める。

はしゃぐエリたち。そのバックには青々とした背景が広がる。

夏らしい、べた塗りしたような濃い空色が眩しかった。

「でも、さすがにチューはマズかったかな？」

いきなりなんの冗談を？　と思ったが、単語はともかく声のトーンが真面目なそれに感じ、俺は二の句を待った。

「なんかそのせいで、エリちゃんにちょっと避けられてる気がするんだよね」

「そうか？　そんなことないと思うけど……」

「まあ、結二はそういうのに気づけるタイプじゃないじゃん？」

「だからさり気なくディスんな」

もっとも事実だから否定まではしない。

「もし本当にエリが避けてるんだとして。演技でキスをしたことが、なんで原因になるんだ」

「それ言われると、そうなんだけどさ……」

なつきにしては、珍しく歯切れの悪い反応だな。

「あの子って、結二にすごく懐いてるじゃん。案外、ヤキモチ焼いちゃってたりして」

エリが、俺にヤキモチ？

なんでそんな発想になるんだ……叔父と姪だぞ。

「確かなつきって、従兄弟がいたよな？」

「え？　うん。よく覚えてるね」

そりゃあ専門学校時代、学祭の出し物として撮影した映像作品にエキストラで出てもらったことがあったからな。

……と、それはさておき。

「その従兄弟と仲のよさそうな女子が、なつきの目の前で頬にキスしてたら、同じようにヤキモチ焼くか？」

「焼かないね」

「出てるじゃん答え」

即答ぶりにちょっと呆れそうになった。

ともあれ、従兄弟相手ですらそういう感情なのだ。四親等。法的にも倫理的にも、男女関係の成立がギリギリ許される距離。

恋慕のような感情を抱く可能性はあり得るし、故にヤキモチを焼くことがあっても不思議じゃない。

だけど、基本的には抱かない。なぜなら親族だから。

なら、従兄弟よりもさらに近い三親等の叔父と姪では？

余計、そうはならない。否《いな》、なってはならない。

「私の場合は、ってこと。人様のことまではわかんないじゃん。それにシスコンとかブラコンとか、よく聞くでしょ？」

「その叔父版があるって？」

「そうそう。オジコン的な」

「叔父が日本語のままだろ」

なにが「あ、そっか」だよ。適当にノリだけで言いやがって……。

俺は思い立って、【叔父　英語】で検索してみた。

「叔父は『uncle《アンクル》』だって」

「ほう。じゃあアンクル・コンプレックス。略してアンコンだ」

「急ごしらえな和製英語だな。しかもヒットしないし」

ただ、なつきの考えはあながち、間違ってるわけでもない気がしてきた。

シスコンやブラコンに近い心理状況の亜種と考えれば、なつきの言うように、大好きな叔父が他の異性と仲よくしてるなんて……と考えてしまう可能性も、ゼロではないんだろう。

もちろん、エリがそういう状況なのかはさておいて、だが。

「逆に、結二はどうなの？　かわいい姪っ子に彼氏ができちゃったりしたらさ」

「普通におめでとうって伝えるよ」

「おお、即答。前よりずいぶん成長したねぇ、元〝過干渉〟」

「お前に説教されたから改心したんだよバカ」

エリがなつきや弘孝と初めて出会った宅飲みの日のことだ。ライン通話越しになつきからあれやこれや言われたことは、いまでも脳裏にこびりついている。

むしろそのおかげで、過干渉や過保護からの脱却を果たせた。当然感謝はしている。それにあれ以来、干渉しすぎないよき叔父でありたいと常に思っているし、努力もしているつもりだ。

でも……ふと、あの夜の一件も思い返す。

俺の姪《エリ》は将来、どんな相手と結婚するんだろう？

そう疑問が浮かんだ瞬間、持っていた缶を握り潰《つぶ》して手に傷を負った。

そのときの外傷はとっくに癒《い》えている。修復された過去の出来事だ。

でも記憶まではなくならない。手の平を見つめれば時折、その痛みと感情を思い出すことがある。

あのときの突沸《とつぷつ》したような感情も、一種のコンプレックスという可能性もあるのだろうか。

——いや。そんなわけないよな。

あれは単に、親心のようなものなんだから。

そうに決まっている。そう納得したじゃないか。

「でも、私が過干渉過保護はやめろって言った手前、おまいう案件だけど。心配なのは心配じゃない？」

本当、おまいうだな……。

「絵里花ちゃん、大人っぽいしさ。ああいう子を食い物にしようって考えてる悪い大人に、騙《だま》されたりしないかな、とかさ」

「もちろん心配はしてる。けどそのぐらいで充分だろ」

エリの未来の可能性を狭めないためにも、いまぐらいの心持ちのほうが健全だ。

「それにエリは、あれでちゃんと、自分でものの善し悪しを考えられる賢い子だ」

少なくとも同級生に比べたら、エリはしっかりしているほうだとは思う。

子役として早くから社会に出て仕事をしていた人間だ。幼いなりに見聞きして経験してきたものを総動員すれば、人より危機回避には優れているだろう。

すると、なつきはくつくつと笑った。

「親バカ？　むしろ叔父バカ？」

「どうとでも言え」

小バカにするような言い方しやがって……。

改めて文句のひとつでも言ってやろう、となつきのほうを振り向く。

でも俺より先に、なつきはこっちをジッと見つめていた。

思わず面食らってしまう。

「なんだよ」

「いや？　まあ、なんていうか……」

なぜか照れくさそうになつきは続けた。

「やっぱ結二、だいぶ変わったなって。うんと大人になっちゃったな……てさ」

こっちを見つめてくるなつきは、果たしていまの俺と、その後ろのほうにいるんだろう過去の俺、どっちを見つめているんだろう？

そう感じさせるほど、どこか遠い目をしていた。

「でも、そうだよね。結二、いつの間にかタバコもやめてたぐらいだし」

「そりゃあ、さ。変わるもんだろ、よくも悪くも」

人は変わっていく。月日や経験で変化していく。留まることはない。

それは俺もそうだし、なつきもそうだし弘孝もそう。

そしてエリだってこれから、変化していく。成長していくんだろう。

「結二から見て、私はどこがどう変わった？」

「難しい質問だなぁ。でも、昔よりいっそう、明け透けで豪胆になった気はする」

「あははっ。自分らしいって思っちゃった。でもうれしいかも」

「……ただ」

なつきを見ていると、いつも思うことはある。

「笑い方とか話し方とか、あと根っこの部分は、昔とあんま変わってないと思う」

「……そうかな？」

素直にそう思ったことだ。

それにきっと、『佐東なつき』という芯《しん》が今日までブレずにきたという証だ。

「すごいことだと思うぞ」

「……結二がそう言ってくれるなら、そう思うことにするわ」

妙に嫋《たお》やかな微笑を浮かべるなつき。

……前言撤回だ。

なつきもいつの間にか、こんな笑い方をするようになったんだな。

―第五章― 存在証明

What kind of partner will my niece marry in the future?

海でのレジャーを楽しんだ俺《おれ》たちは、夕暮れに差し掛かる頃《ころ》には撤収の準備を始めた。

翌日の仕事のため東京へ帰るなつきを最寄り駅で見送ったあと、俺はエリと陽子《ようこ》ちゃんを連れて実家に車を走らせた。

駅から十分ほど移動して到着したのは、造りは古いがちょっと広めの一軒家。

玄関を開けると母親が出迎えてくれて、エリと陽子ちゃんは歓迎された。

一方の俺はと言うと、

「客間があんたの荷物置き場になってるのよ。整理して場所作ってくれる?」

今日の疲れを癒《い》やす間もなく一仕事増えてしまった。

まあしかたない。俺は引率みたいなもんで、レジャーの主役はエリと陽子ちゃん。脇役は脇役らしく、スポットの当たらない場所でせっせと仕事をしよう。

客間は段ボールが無造作に詰まれた物置と化していた。

東京の部屋に置けなくなったものを送りつけ、そのまま置いといてもらっていたからな。エリと陽子ちゃんが寝るのに使うには、確かにスペースが足りないだろう。

「とはいえ、ひどい量だな」

さすがに骨が折れそうだな……と思うも、壁をいくつか隔てて届いてくる団らんの声を聴くと、妙にやる気が湧《わ》いてくるから不思議だ。

そうしてせっせと整理や分別していくうちに——ふと、懐《なつ》かしい代物を見つけた。

専門学校時代の卒業アルバムと、当時使っていた型落ちのハンディカムだ。

「うお、懐かしいな……」

ことあるごとにこのカメラ回して、遊び感覚で映像を撮っていたっけ。

そして段ボールのそばには、丁寧にボックスへ収納されている、何枚ものＤＶＤ-Ｒが置いてあった。学生時代に撮影した映像作品を焼いたディスクだ。

ラベルには撮影日時とタイトルが記されていた。それだけで、どんな映像なのかが思い出された。何年も昔のことなのに、最近のことのように鮮明だ。

さらには中身が、技術もセンスもあまりに拙《つたな》く、小っ恥《こぱ》ずかしいお遊戯みたいな作品ばかりなことも、明確に思い出してしまった。

……もっとも、大切な作品なのは間違いない。

あとで適当に抜き出して、見てみよう。

「言うて、この辺は我ながら、いまでもいい出来な気が……ん？」

ピックアップのためラベルを確認していると、ふと、なんの印字もされていないケースを見つけた。

なんだっけ、これの中身。片付けもまだなのに気になってしかたがない。

念のため仕事用に持ってきていたノートPCを取り出す。確か、外付けの光学ドライブが段ボールの中にあったはずだ。

接続してディスクを読み込ませ、再生してみる。

「……あぁ。これか」

映し出されたのは、少しだけ色褪せたような、懐かしいワンシーン。

思いがけなかった映像に、思わず俺は片付けも忘れて見入ってしまった。

＊　＊　＊

「……はぁ」

もう何度目の寝返りだろう？　一向に睡魔がやってくる気配もなく、私は暗い客間の天井《てんじょう》を見上げていた。

室内灯につるされている紐《ひも》の先端が、淡い蛍のように浮いている。案外こういうものを、なにも考えずに眺めていれば、寝られるんだろうか？

……無理だった。なんだかさっきから、余計な思考がぐるぐるしてばかりだ。

だいぶ遊び倒したと思ったんだけどなぁ。最初のうちは普通に楽しかったし、あとのほうは陽子とふたり、とにかく意地になって疲れようとひたすら遊び倒したはず。

予定では、なにもかもをすっかりキレイに忘れて、夢の中へ旅立つつもりだった。

なのに。

昼間に見た、叔父さんと佐東《さとう》さんのあのワンシーンが、徹底的に邪魔をしてくる。

そして、睡魔が通せんぼをされるたびに、チクチクと痛む違和感があった。

再びため息をつく。それは、客間に溢《あふ》れる畳の香《かお》りへ溶け込んでいってしまう。

隣を見れば、陽子が幸せそうに眠っていた。ちょっと寝相が悪くて、ブランケットを蹴飛《けと》ばしてしまっている。

しょうがないな、と思いながら、私はブランケットをかけ直してあげた。

……すっかり目が覚めちゃったな。喉《のど》も渇《かわ》いたし。

なにか飲んで、少し気分転換でもすれば、眠れるかな。

物音を立てないよう立ち上がり、リビングへと向かった。

すると、リビングにやってきてすぐ、微《かす》かな音が聞こえてきた。振り向けば縁側《えんがわ》の戸が開いていた。

柔らかい風が流れ込んでいる。揺れる風鈴の音と、仄《ほの》かに鼻孔《びこう》に触れた蚊取り線香の香り。

そして縁側に座り、薄い月明かりに縁取られた人影が、ひとり。

寝間着の甚平に身を包んだ、なんとなく、見慣れた背中だ。

「叔父さん？」

恐る恐る声をかけると、甚平の人はビクンと跳ねて振り返った。

「ビックリした……。どうした？」

やっぱり叔父さんだった。驚いたところ、ちょっとかわいかったな。

縁側のほうに向かいながら、私は言う。

「寝付けなくって。叔父さんは？」

「客間を整理してたときに、おもしろいものを見つけてな。ちょっと観てたんだ」

座っている叔父さんの背中から覗《のぞ》き込むと、ノートパソコンでなにかを見ているようだった。

……エッチなやつじゃないっぽい。

そりゃそうか、さすがにこんな場所で観るわけないよね。

「……隣、いい？」

こくりと頷《うなず》く叔父さんの横に、ストンと座る。

改めてパソコンの画面に目をやると、動きを察知したのか、叔父さんは教えてくれた。

「専門生のときに、俺たちが撮った映像だよ」

「そうなんだ……あ、これ、叔父さんだよね？」

いろんな人たちの中心に立って、なにやら説明か指示出しをしている人がいた。

ときにはカメラマンさんと、ときには音声さんや照明さんと、忙しなくやり取りを交わしている。その姿はまさに、映画やドラマにおける『監督』のようだった。

「ああ。よくわかったな」

実は、この頃の叔父さんとは、あまり会っていた記憶がない。

叔父さんが専門学校に通っていた頃、私は確か七歳前後で、子役のお仕事がかなり忙しかった時期だ。

それまでは、お盆と年末年始に帰省すればだいたい叔父さんがいて、たくさん遊んでもらえていた。

けどお仕事が忙しくなってからは、帰省する頻度も目に見えて減ってしまった。たまに帰れても叔父さんと予定が合わず、せっかく会えると思っても会えないタイミングが続いてしまったのだ。

それでも……画面の向こうにいる叔父さんは、叔父さんだって一目でわかる。

「そりゃあ、面影《おもかげ》あるし。叔父さんのことは昔から、ずっと見てきたもん」

確かに、この辺りはスポット的に記憶が薄い。でも、前後の記憶は明確に残っている。

双方の記憶の端をゆっくり伸ばして、補完することは容易《たやす》い。

「それにしても若いね～。髪まで染めちゃって」

「若気の至りだな。いまはもう染めようとも思わないよ」

「そのほうがいいって。全然似合ってないもん、茶髪」

「うるさいな」

あ、ちょっと拗《す》ねてる。かわいい。

でも事実だからしょうがない。叔父さんは間違いなく、黒髪のほうが似合っている。

それに、

「私的には、いまみたいに落ち着いてるほうが、大人って感じがして好きだよ」

「そりゃどうも。でも、エリに好かれたってなぁ」

……いま、肩をすくめた？　なんで呆《あき》れた？

失礼な人だな、せっかく褒《ほ》めてるのに。

「そういうこと言っちゃう人にはこうです」

「いたたっ。皮膚をつねるな」

叔父さんの腕を優しくつねりながら、私は再度、画面に目を落とす。

それにしても、専門学校生の撮影って、思ってたより本格的なんだなぁ。

自分の記憶の奥にうっすらと残っている、現場の雰囲気や空気感。それと重なるものが繰り広げられていた。

使っているカメラなんかの機材もちゃんとしていた。ガンマイクにレフ板、ロケ用の照明機材を持つスタッフさんもいれば、ＡＤさんっぽい人は、斜めがけのポーチの紐にバミリ用のテープ類を通してもいる。

そこまでする？　と思った。けどこのメイキングに写っている人たちは、それぐらい真剣に、撮影や作品作りに向き合っているんだろう。

そうして眺めていると、ふと、見たことのあるような顔が映し出された。

「この人、瀬戸《せと》さんだよね。あと、こっちに映ってるのって……」

「なつきだな」

映像の中で、叔父さんと佐東さんが近づき、話し始める。

音声は拾えていないけど、多分、撮影の段取りの説明などだと思う。

いたって普通の撮影現場のひと幕だ。そうでしかない……のはずなのに。

仲のよさそうな雰囲気と、昼間の光景が、唐突に重なる。

面影こそあるけど、いまと昔とでは明確に違いがあるはず
なのになんで、こんなにもきれいにダブって見えてしまうんだろう。

「悪い。メイキングばっかじゃおもしろくないよな」

急に黙りこくってしまった私を気遣《きづか》ってか、叔父さんが言う。

そんなことない。むしろ私が余計なことを考えてしまい、口数が減っただけ。

それのせいで変に気遣わせてしまっただけなんだ。

そう謝ろうとするより先に、叔父さんは別のディスクを取り出した。

「こっちなら、エリも楽しめるかな」

「え？」

そうして再生されたのは、がんばってよちよち歩きを成功させた、幼い子供の動画だった。

その映像に拾われている人の声は、どれも聞き覚えのある声ばかりだった。

私自身、この動画の存在は知っているし、よく覚えていた。

「……懐かしい」

よちよち歩きを成功させた子供は、紛れもなく——私だ。

お母さんと帰省する度に、叔父さんが撮ってくれていたのだと、あとになって教えてくれた。

「こうして一緒に見るのも、ずいぶん久々だよな」

「そうだね……久々だね」

初めてこの動画の存在を知り、叔父さんに見せてもらったのは、もう五年も前。

そのときのことは、忘れるわけがない。忘れようがない。

だって私は、この動画と叔父さんの言葉によって救われて。

芝井《しばい》絵里花《えりか》としての時間が、動き始めたんだから——

＊　＊　＊

ただ、雪を眺めていた。

縁側に座ってガラス戸越しに、庭先が白く染め上がっていく様子を、ただただ眺めていた。

心の傷が癒えるのには時間がかかる、と知ったのはずいぶん後のことだ。刻まれるのは一瞬なのに、アンフェア極まりない話。

目の前で舞い落ちている雪のようだったらいいのに、と思った。

雪なら、掌に触れればたちまち消える。傷もそうやって、すんなり癒えてくれたらどんなに幸せだったか。

でも、そうはならない。ならなかった。

そのことを、私以上にお母さんはよくわかっていたのだろう。

だから、ゆっくりと時間をかけて癒やせる場所に、私を連れ出してくれた。

五年前の冬。お母さんの実家。私にとっては、お祖母《ばあ》ちゃんち。

そこが、『花澤可憐《はなざわかれん》』からの逃避行の、終着地だった。

当時の記憶は、いまもって曖昧《あいまい》だ。逃避行に至るまでの経緯は特に。

客観的に知らされた記録だけが、未《いま》だに代用品として置かれているだけ。本物は、ジャムの瓶《びん》以上に固い蓋《ふた》で封印されたままだ。

だから、私にとっての純正品とも呼べる記憶は、まさにこのとき、あの一言を機に、再び刻まれ始めたんだ。

「エリちゃん、久しぶりだね」

そう笑いかけてくれた男の人を、でも私は、瞬時に誰《だれ》なのか思い出せなかった。

顔を覚えていないから……ではなかった。むしろそれなら、いまとなっては笑い話として、一言「あのときはごめんね」ですんだことのはず。

そうならなかったのは、当時の私に、母親や父親、兄妹や親戚《しんせき》が無数にいたからだ。

裕福な家庭で生まれ育った『都築美羽《つづきみわ》』の私には両親と兄がいたし、町工場の娘『曽根《そね》彩花《あやか》』の私には両親のほか、同居する祖父母と叔母がいた。施設で育った『稲葉香《いなばかおり》』の私には、それこそ十数人にも上る【兄妹】がいた。

これまで演じてきた役の数だけ、私には親族がいた。

これまで演じてきた役の数だけ、私には【わたし】とその人生があった。

だから目の前に立つ男の人が、どの【わたし】にとっての【誰】なのかが、すぐに引き出せなかったのだ。

でも辛《かろ》うじて、記憶をたぐり寄せる糸になったのは、彼が口にした『エリちゃん』という呼称だった。

「……結二《ゆうじ》、叔父……さん？」

「そうだよ、結二叔父さんだよ。大っきくなったねぇ」

そのときにハッキリと、叔父さんのことが実像を結び。

「よくがんばったね」

撫《な》でてくれた手と言葉の温かさに安堵《あんど》し、気づけば甘えるように身を寄せていた。

声を上げる気力もない中で、溢れた感情は静かに、頰《ほお》を濡《ぬ》らしていた。


叔父さんがお婆《ばあ》ちゃんの家にいる。その事実を認識してようやく、世間はすっかり年末を通り越して三が日を迎えていたことを知った。

それほど私は、ずぅっと心ここにあらずだったらしい。

じゃあ、叔父さんと再会してすべてが解決したかと言われれば、もちろんそんなことはない。

むしろ心を殺していたほうが、考えたり思い出したりしないだけマシだったかもしれない。

数多《あまた》の役を憑依《ひょうい》させ続けたことによる、アイデンティティーの欠損。

芝居を終えても役に引きずられ、意図せず友達を傷つけ失ってしまった事実。

歪《いびつ》な尾ひれのついた噂《うわさ》や誹謗中傷《ひぼうちゅうしょう》が、無邪気ゆえに蔓延《まんえん》していた学び舎。

それらの塞《ふさ》いでいたかった事実は、ぶり返した風邪《かぜ》のように容赦《ようしゃ》なく襲ってきた。

「自分がどこの誰なのか、急にわかんなくなっちゃうの」

だからだろう。気づけば訥々《とつとつ》と、自分の口から溢れ出ていた。

「それが、すごく怖い。ママも、お祖母ちゃんも、叔父さんのことも……誰だか、わかんなくなっちゃうから」

「うん」

零《こぼ》れ落ちる思いを、叔父さんはひとつひとつ丁寧に、すくい取ってくれていた。

「本当は全部、お芝居をしてるだけで……撮影が終わったら、なくなっちゃうかもしれない。大好きな人に、したくないイジワルをしちゃったり、嫌われちゃったり、いなくなっちゃうかもしれない。そんなの、もうイヤなのに。ずっとずっと、怖いの」

「うん」

「ねえ、叔父さん」

「うん？」

「……私ってちゃんと、絵里花……だよね？」

いま思えばこんな質問、された側にしてみたら迷惑千万だっただろう。

どう答えたらいいのか、わかるはずもないのだから。

でも——

「そうだよ。エリちゃんはエリちゃん。芝井絵里花ちゃんだよ」

叔父さんは、困った顔ひとつしなかった。

「エリちゃんに、見せたいものがあるんだ」

叔父さんは、リュックから平べったい機械を取り出した。

いまならそれが、ノートパソコンだったんだとわかる。けど、当時の私には見慣れない機械だったから、叔父さんがこれからなにをするのか気になって、ジッと見つめていた。

叔父さんは操作の手を止めると、私をパソコンの前に座らせた。

画面が私の正面に来るよう調整して、

「流すね」

カチッ、と音が鳴る。

画面いっぱいに、映像が流れ始めた。

足下の覚束《おぼつか》ない幼い子供が、精一杯よちよち歩きをしている映像だった。

「……だれ？　この子」

素朴な疑問に、叔父さんは優しく答えた。

「エリちゃんだよ」

「私？」

「そう。確か二歳ぐらいのときかな。姉貴……エリちゃんのお母さんに頼まれて撮ったんだ」

当然、撮られていたことなんて覚えていない。

むしろ、目の前に映っている幼い子供が、本当に自分なのかどうかすら疑っていた。

「私も、こんなに小っちゃかったんだ」

「そりゃあ、誰だってそうだよ。叔父さんにだって、こういう時期はあったんだよ？」

考えれば当たり前のことだ。でも当時の私は、そんなことにすら気づけなかった。演じる役には、その役なりの人生がある。

でも芝居として切り取られるのは、長い人生の、ごく短い期間だけ。

その感覚が染《し》みついてしまっていた私にとって、目の前の乳児は【乳児の芝井絵里花を演じている誰か】のように錯覚するほど、認知が歪《ゆが》んでいた。

だからお年玉をもらって喜んでいる姿や、幼稚園の入園式にお母さんと仲よく手を繋《つな》いでいる姿や、庭先のビニールプールで遊んでいる姿を見せられても、そのすべてが【私】を演じている【誰か】の映像を見せられているような感覚だった。

「本当に私なの？」

「そうだよ。懐かしいなぁ。エリちゃんがこのぐらいの頃は、盆暮れ正月の度に撮ってあげてたんだよ」

「……ごめんなさい。覚えてないの」

楽しそうに話している叔父さんに、すごく申し訳ない気持ちでいっぱいだった。

乳児の頃ならともかく、幼稚園児の頃の記憶なら、断片的にでも残っていて不思議じゃない。

でもやっぱり私は、自分以外の誰かの幼少期を見せられているような感覚が拭《ぬぐ》えなかった。

なのに、叔父さんは言うのだ。

「いいんだよ、覚えていなくても」

そっと、包み込んでくれるような声で。

「だからこうして、残しているんだ」

やがて映像が切り替わる。画面の向こうで過ぎ去り、訪れた、何度目かの夏。

私らしき少女は、ビニール袋に包んだかんかんを持って、庭に出ていた。見覚えのあるその庭は、間違いなくお祖母ちゃんちのそれだ。

庭の隅にやってくると、少女はしゃがみ込んで庭を掘り始めた。子供用の小さいスコップで、何度も、何度も、何度も。

『なにしてるの？』

撮影者の誰かが声をかける。それが叔父さんの声なのは、すぐに気づけた。

『かんかん、うめるの！』

少女はなおも、庭を掘り続ける。

『先生がね、たいむかぷせる？　っていうのがあるって、おしえてくれたの！　エリもたいむかぷせる、してみたいんだぁ！』

「……タイム、カプセル……」

当時のことは、全然覚えていない。

目の前の少女が本当に私だったのかも、わからない。

でも見覚えのある風景と、聞き覚えのある声はちゃんと、映像として残っている。

私は、のそのそと叔父さんの元を離れて縁側に向かった。

視線は、映像の中の誰かが掘っていた場所へ、自然と流れていった。

「掘ってみようか」

ふと、上のほうから言葉が降りてきた。私はこくりと頷いた。

答え合わせをするために――私は、躊躇《ためら》うことなく外に出た。

叔父さんが物置から取ってきてくれたシャベルは、湿った土へおもしろいぐらいにサクサクと刺さった。

真っ白な絨毯《じゅうたん》ごと、土を掘り返すこと数回。

鈍《にぶ》い金属音は、拍子《ひょうし》抜けするほどあっさりと庭に響いた。

土をどけると、ビニールに包《くる》まっているかんかんが見えた。

映像で見た場所に、見たままの状態で――数年越しの擦《す》り合わせの答えが、目の前に埋まっていた。

手を伸ばして触れた。雪化粧を纏《まと》った土の中にあったはずなのに、なぜかほんの少しだけ温かかった。意を決して、土の中から取り出した。

「なにを入れたか、思い出せる?」

叔父さんに問われて、ゆっくりと思案した。

それまで【芝井絵里花】の過去は、すべて他人事《ひとごと》のように感じていたのに。

その答えだけは鮮明に思い出せた。

「……叔父さんの、似顔絵」

その答えを確かめるため、かんかんを開けた。

封入されていたのはガラスのおはじきや、縁日で買ってもらった砂糖笛といった、幼稚だけど大切な宝物たちと――四つ折りの画用紙が、一枚。

「……合ってた」

開いた瞬間、そう漏《も》らしていた。

ビックリするぐらい下手な絵と文字が、思い出させてくれた。

すべてを取り戻せた瞬間だった。

「ステキな似顔絵を、ありがとね」

叔父さんの声の温かさに、私は堪《こら》え切れず涙を流した。

答え合わせの結果は、間違っていなかった。

私は、【芝井絵里花】は、ちゃんとここにいたんだ。

「お帰り、エリちゃん」

私は他《ほか》の誰でもなく――芝井絵里花だったんだ。

＊　＊　＊

五年前のあの日、叔父さんとこの動画に出会えなければ、私は答え合わせをすることもなかった。

もっと長く――あるいは未だに、塞ぎ込んだままだっただろう。

本当に数奇な出来事だったのかもしれないな。なんて思いながら、ふと、叔父さんのほうを見る。

動画に夢中になっている横顔に、胸の奥がわずかに揺れた。

この人は、なんて優しい目をしているんだろう……。

「そういえば、あの似顔絵ってまだ取ってあるの？」

「――えっ？」

急にこっちを見ないでほしかった。

ビックリして、変な声が出ちゃった……。

「も、もちろん。うちに飾ってあるよ」

「そっか。なんか、恥ずかしいな」

本当に恥ずかしそうに、叔父さんは笑った。

こういうかわいいところを、今度は絵に描いてあげたいな、と思う。

「また描いてあげよっか、似顔絵。いまならもっと上手に描けるよ、絶対」

特別絵心があるわけじゃない。

けど幼少期に比べたら、ものの捉《とら》え方も描く技術も、相応に高まっているはず。

そんな、根拠のない自信だけは満々だった。

「かわいい姪が、最高の叔父さんを描いてしんぜよう」

「おお。楽しみにしてるよ、エリ画伯」

「……画伯は絶対バカにしてるでしょーっ」

けたけた笑う叔父さんにムッとなり、肩パンを放つ。

けど楽しそうならいっか……なんて思ってしまう自分もいた。

そのあとはもうちょっとだけ一緒に動画を見たあと、さすがに遅い時間になっちゃったから、お互い部屋に戻った。

なぜか今度はすんなりと眠れて、気持ちいい夢まで見られたんだから驚きだ。

でもその理由は、なんとなくわかる。

……我ながら単純だなぁ。

第六章　夏祭りの夜に

エリたちを海に連れて行ってから、数日後。

俺《おれ》はエリに呼び出され、彼女の住む家——姉貴とエリの自宅に来ていた。

「なあ、まだ時間かかるのか？」

「もうちょっとだから待ってて。せっかちはモテないぞ」

余計なお世話だ、姉貴め……。

俺はいま、エリの身支度を待っていた。

今日はエリたちの自宅近辺でお祭りがあるそうで、それに誘われていたのだ。ただ、いざ当日になったら急に「せっかくだし浴衣《ゆかた》で行きたい」とエリが言い出し、襖《ふすま》の向こうで姉貴に着付けてもらっている最中、というわけだ。

女性の支度には時間がかかる、とはよく言うし、理解しているつもりではあるが……。

そう、文句のひとつでも漏《も》れ出そうになったが、エリに聞かれたらかわいそうだし、姉貴はスパーンと襖を開けてドロップキックぐらいはお見舞いしてきても不思議じゃないので、グッと堪《こら》える。

What kind of partner will my niece marry in the future?

代わりに、ボーッと室内を眺める。

ここに来るのも、ずいぶん久しぶりだ。実家以上に普段顔を出さない場所だからな。

エリたちの自宅は、そこそこ築年数の経《た》っている、オンボロなアパートの一室だ。

2DKなので広さは申し分ないが、全室畳であることや、キッチンや窓枠の雰囲気から、そこはかとない古さが伝わってくる。

ただ家具などのレイアウトは、だいぶいまっぽくオシャレに整えられていた。

俺が座って待たされているのも、リビング代わりにコーディネートされた部屋の、ソファーの上。ローテーブルにはエリの出してくれたお茶が置いてある。

どれも、畳の雰囲気に合わせた色合いやデザインのものなので、まさしく和洋折衷といったところだ。

姉貴とエリ、どっちのセンスなんだろう。なんとなくエリな気がする……が、それは勝手な決めつけかもしれないな。

あるいはふたり仲良く選んで決めたのかもしれない。容易にその風景が想像できて、ふと笑みが零《こぼ》れた。

そうして眺めていた壁の一角に、画びょうで壁に貼《は》られた紙を見つける。

クレヨンのようなもので描かれた、一枚の絵だった。紙いっぱいに楕円《だえん》の肌色を塗り、別の色で飾りを施して生まれた、似顔絵だ。

よくもまぁ、大事に飾ってあるよ……俺の似顔絵なんて。

しかも『おじさんだいすき』だって。

「おっ待たせー！」

突如、すぱーん！　と襖が開く。

あまりのことにビクンと肩が跳ねた。

「脅かすなよ、ったく……」

文句を言いつつ振り返り――思わずハッとなる。

視界に捉《とら》えたのは、見慣れない、浴衣姿の少女。彼女は少しだけ恥ずかしそうに口を開いた。

「……叔父さん、似合ってるかな……？」

その一言によって、一拍遅れて、目の前の子がエリであることを思い出した。

それほど、普段のエリとは一線を画す艶《あで》やかな雰囲気を孕《はら》んでいたのだ。

水色の生地にきれいな柄の施された、涼しげな浴衣だ。胴を結ぶ黄色い帯が、アクセントとしてよく映えている。

ストレートで長かった髪は、アップでまとめられていた。普段あまり見せないおでこの辺りも出ているため、印象もガラリと変わって、より嫋《たお》やかな色香を感じる。

さっきまで、似顔絵をキッカケに幼い頃《ころ》のエリを連想していたからだろうか……。

目の前に現れた優艶《ゆうえん》な姿とのギャップに、身内とわかっていても、思わず見惚《みと》れてしまった。

慌《あわ》てて意識を引っ張り戻して答える。

「似合ってるよ。だいぶ見違えたな」

「そう？　えへへ、よかった」

クシャッと笑顔を浮かべる。

その表情だけは普段通りのエリで、なぜかホッとしている自分がいた。

「まっ、その辺はあたしの腕だね。素材を活かす大天才！　どんなもんだい」

堂々と言ってのける姉貴だが、これぱっかりはなにも否定できないな。

「そして、ちょうど祭りの時間に合わせて着付けを終わらせる、バツグンのスケジュール管理能力よ。さっそく行ってきたら？」

「本当だっ。行こう、叔父さん」

「別に祭りは逃げないっての、せっかちだなぁ」

自分が先ほど言われたことを丸々返しつつ、俺も玄関へ向かう。

ウキウキしながら下駄《げた》に足を通しているエリを待つ間、俺は姉貴に問うた。

「そういや、姉貴は本当に、行かなくていいの？　今日は休みなんだろ？」

「いいのいいの」

なんのこともないように、姉貴は笑って答える。

「いつもエリに家事やってもらってる分、今日はあたしが代わりにやるって決めてるから。た

まには母親らしいことしないとさ」

母親らしいこと、か。

これで姉貴は、女手ひとつでエリをしっかり育ててきている。それだけでも充分、他人に誇れる母親だとは思うんだけど……。

本人の中では、そういうこととはなにかが違うんだろうか？

などと思いながら、エリとふたりで玄関の外に出る。

「絵里花《えりか》のこと、よろしくね。いったっさーい」

手を振る姉貴に見送られながら、俺とエリは日の落ち始めた住宅街の中を歩いていく。

遠くから聞こえてくる大通りの喧噪《けんそう》や、辺りの電柱などで鳴いている蝉の声に重なって、カラッカラッと下駄の音が響いていた。

俺の半歩前を歩くエリ。やはり浴衣姿は見慣れなくて、意識が持っていかれてしまう。

この位置からだと、細くしなやかな首のラインとうなじの存在感が、得も言われぬ色気を放っていた。真っ白な肌に浮き出ているホクロが、これまたなんとも……。

姪相手に思うことじゃないのは重々承知だが、やはり女性の浴衣の後ろ姿って艶《なま》めかしいところがあるよな。

などと考えていると。

「家事をするっていうのは、本当だと思う。……けど」

ポツリと、エリは口を開いた。

「たぶんお母さん、勉強の時間作りたかったんじゃないかな」

「勉強？　姉貴が？」

そればっかりはさすがに、姉貴に似つかわしくない単語で驚いてしまった。

昔から、あまり勉強は得意なタイプの人種じゃなかったからな。

夏休みの宿題とか、俺に半分以上投げつけてくるような暴君だったし……。

「うん。資格取るつもりみたい。なんの資格かまでは知らないけど」

「資格かぁ……」

エリにも言わずに資格の勉強……なにを取るつもりなんだろう。

でも、その目的はなんとなく察しがつく。

仕事に活かしたり、仕事を変えたりして、生活水準をちょっとでも上げるため。そして、エリをより支えてあげるため。

姉貴の根っこにあるのは、常にエリだ。エリの幸せを願う心。

そのため姉貴なりに、陰ながら努力してるんだな。

「お土産《みやげ》、買っていってあげないとな」

「うん！」

自然と口にしていた提案を、エリは満面の笑みで頷《うなず》くのだった。

やってきたのは、近所の商店街だ。普段は買い物客で賑《にぎ》わうだけの場所らしいが、今日ばかりは数え切れない人で溢《あふ》れていた。

中にはもちろん、浴衣を着た人たちもちらほらと。

「ひゃあ～……思ったより人多いねぇ」

お祭りの知名度はそこまでじゃないはずだ。商店街のアーケードとその先にある神社の境内にかけてが、お祭りとして賑わっているだけの、地域に密着した限定的なイベントだからだ。

ただ、おそらく他《ほか》のイベントと重なっていないから、開催を聞きつけた街の外の人たちが、物見遊山《ものみゆさん》に来ているんだろう。

「叔父さん、大丈夫？　酔ってない？」

「この程度じゃ酔わないって、さすがに」

確かに人混みは苦手なほうだった。特にフリーの動画編集者として引きこもる生活をし始めてからは、以前にも増して人に酔いやすくはなった。

とはいえ、まだ会場に踏み込んでほんの数分、数十歩だ。

そこまで体たらくじゃない。

――なんて高をくくっていた数分前の自分を罵《ののし》りたい。

「だから心配したのに。大丈夫?」

「ああ、マシになってきた……」

思いっ切り人に酔った俺は人混みを外れ、アーケードの端、人の流れのない場所に身を預けて休憩を取っていた。

正味、十分。これが限界だった。

人混みもそうだが、なにより気温と湿度と匂《にお》いがキツかった。

辺りは商店だから、祭りに併せて軒先《のきさき》で販売している料理が、様々に並んでいる。最初はうまそうだなんて思っていたけど、ミックスされるとなんとも言えない気分になってきたのだ。

意外と繊細さんだったんだな、俺……。

なんてことを思いながら、そばの自販機で購入したスポーツ飲料を首筋に当てる。

「ごめんな、もうちょっとしたら見て回れるから」

せっかくのお祭り。エリは浴衣まで着込んで赴いたというのに、楽しむ前にこれでは叔父としての面目丸潰《まるつぶ》れだよ。情けない。

「ホントだよ、しょうがない叔父さんだなぁ……」

エリも不満そうだった。当然だよな。

でも、トンッと俺に身を寄せると、

「許してあげるから、あとで屋台、いっぱい奢《おご》ってね」

などと、いっぱしに交換条件を提示してくる。

ちゃっかりしてるよ。

「それで許してくれるなら、お安いご用だな」

そう安堵《あんど》した——直後だった。

「……ん？」

エリはふと、背後へ振り向いた。

「どうした？」

「いま、話し声が聞こえた気がして」

話し声？　とエリの見ているほうに目を向ける。

俺たちの背後は、店舗と店舗の狭い通路になっていた。人ふたりが並んで歩けるギリギリのスペースしかない。外灯といったものもなくほぼほぼ真っ暗な状態だ。

おそらく、店員が勝手口から通路に出て、なにか作業してた際の物音だろう。

そう当たりをつけながら奥を眺めていると、なんとなく人のシルエットが浮き上がってきた。

明かりのない通路に、うっすらと人がふたり。

ゴソゴソと動いたり、やたら密着したりと忙しない様子だった。

「………——っ」

一瞬遅れて、思考が追いつく。

俺はとっさに、エリの目元を手で覆い隠した。

「うひゃっ。な、なに？　どうしたの急に？」

「いいから。エリは見なくていいし、気にしなくていい」

あまり大声を出さないよう、努めて平静を装う。

まさか、あんな狭いところでイチャつく輩がいるなんてな……。

まったく……どういう理性してるんだ。祭りの陽気にでも当てられたか？

エリぐらいの年頃なら最低限の知識は持っているし、断片的な情報でも繋《つな》ぎ合わせて理解してしまうだろう。

だとしても、ああいうふしだらで節操のない様子は教育上、よろしくない。

だからこうして、目を塞《ふさ》ぎつつ俺が間に入って、視界に入らないようにしたんだが……。

「ねぇ、いつまでこうしてるの？」

戸惑ったようなエリの声を聴き、はたと気づく。

エリの目元を手で覆うだけだったならまだしも、思わず抱き寄せている格好になっていたのだ。しかも、そこそこ長い時間。

叔父とはいえ、立派なセクハラか？　と半ば焦《あせ》り、パッと身を引く。

「ああ、悪い」

「……別に、嫌じゃなかったけどさ……」

エリは照れくさそうに、少し乱れた髪をいじり始めた。

ちょっとは怒られると思ったから、拍子抜《ひょうしぬ》けだ。というか、親戚《しんせき》同士なのになにをそんな恥ずかしがっているんだ？

……こっちまで少し、気まずくなるじゃないか。


体調も戻ってきたし、なにより通路の奥のアレから一刻も早くエリを離したかった俺は、休憩を切り上げて縁日を回り始めた。

食べ歩きをしたり、射的にチャレンジしたり、また食べ歩きをしたり、ヨーヨー釣りにトライしたり、またまた食べ歩きをしたり。

奢ってね、というおねだりはまさに有言実行だった。よくもまあ、あれやこれらに食指が動くものだと感心してしまう。

でも、女子高生なんてこんなものか。目の前の楽しいことや興味のあることに、すぐさま飛びつく。そして新しい関心事を見つければ、よくも悪くもあっさり移ろう。

さながら、トレンドという風に身を委《ゆだ》ね、ころころ顔色を変える空模様のように。

そうやって、狭いコミュニティーの中で楽しみを共有し、思い出を刻んでいくのが、きっと女子高生という生き物……。

とまで考えて、不意に疑問が過《よぎ》った。

「そういえば、エリはさ」

「なぁに？　焼きそば食べたい？」

エリはいままさに、焼きそばを口へ運ぼうとしているところだった。

「ちょうどお腹《なか》いっぱいになってきちゃったんだよね。叔父さんにあげる」

「無計画に食べすぎなんだよ」

「だって目移りしちゃったんだもん。それより……はい」

自分で食べるのを中断し、箸で持ち上げていたそばを俺のほうへ差し出す。

「……なに？」

「あーんしてあげる」

「からかってるのか？」

さすがに子供扱いしすぎだろ……そのままパックごと渡せばいいのに。

「そんなんじゃないってば。ていうか腕疲れるから、早く食べてよ」

なんで俺が怒られるんだ、と理不尽さに呆《あき》れつつ。

大人しくあーんされるか、と顔を近づけ――たのだが。

「なーんちゃって」

口に入るというすんでのところで、エリは焼きそばを引っ込め自分の口に含んだ。

「あはは、引っかかった♪　やっぱり叔父さんはチョロいね」

エリはキャッキャとうれしそうだ。

ホント、どうしてこんな生意気に育ったんだ、この子は……。

さすがの俺も、引っかかってしまった恥ずかしさと年長者としてのプライドからか、イラッときてしまった。

「……あまり大人をからかうもんじゃないぞ」

「ご、ごめんてば。そんなガチで怒らないでよ」

ただ、きちんと叱るときは叱ってやらないとならない。これも身内・親族としての務め。

睨《にら》みを利《き》かせたらエリは素直に従い、再び焼きそばをすくって差し出してきた。

「今度こそ本当に……はい、あーん」

俺もエリを疑うことなく、そばを口に含む。

ソースの甘味と麺《めん》のモチモチ感、キャベツの歯ごたえに紅ショウガの存在感……そのすべてが口の中で調和を生む。なんで屋台の焼きそばってこんなうまいんだろうか。

箸から顔を離した瞬間、妙にうれしそうにしているエリの顔が目に留まった。

その笑顔を見て、改めて、そして余計に、思うことがあった。

そばを飲み込んでから、俺は改めて本題を引き戻した。

「俺なんかと祭りを回るので、本当によかったのか？」

「どういうこと？」

「それこそ陽子《ようこ》ちゃんとかと回ればよかったのに」

「でも陽子とは海行ったし。だから、別にいいかなって」

友達とは既に、一個レジャーを楽しんだ。なのでお祭りは一緒じゃなくても充分、という割り切りってことか？

「なにかにつけて友達と一緒じゃなきゃダメ……ってこともないでしょ」

「そうかもしれないけど。俺と一緒よりは思い出になったんじゃないか？」

「叔父さんと一緒に回るのも、大事な思い出だよ」

エリの声音は、どこか真剣だった。

自分の意志を、きちんと俺にぶつけてきているような。

「どっちがいいとか悪いとかじゃ、ないんだって」

なるほどな。それも一理あるか。

時間も機会も無限にあるわけじゃない。それを自分がどう楽しむかは、自分次第。

エリにとっては、至極まっとうな取捨選択だったってことなんだな。

「叔父さんは違うの？」

ふとエリは立ち止まった。

人の流れに逆らうように、俺のほうを振り向いた。

「私と一緒より……佐東《さとう》さんと一緒のほうが、楽しめた？」

「……え？」

なんだ？　なんでいきなり、なつきの名前が出てきたんだ？

驚いて答えに窮したが、ひとまず思ったままを返す。

「そんなことはないよ。ていうか、なんでなつきの名前が出てくるんだよ」

「なんでって……」

今度はエリが答えに戸惑っている様子だった。

心なしかムスッともしている。

「やっぱ、なんでもない。ごめん、困らせるようなこと言って」

俯《うつむ》いたエリを見て、ふと、海でなつきの言っていた言葉がフラッシュバックした。

——案外、ヤキモチ焼いちゃってたりして
なつきの勘は、あながち間違っているわけでもないのかもしれない。それこそあいつは、人の心境を仕草《しぐさ》や表情、雰囲気から読み解く能力に長けているし。

しょうがない子だ、と思い、そっと息を漏らす。

「それこそ、どっちがいい悪いの話じゃない」

エリは俺を見上げた。

妙に縋《すが》っているような瞳《ひとみ》の色を感じながらも、俺は続ける。

「エリと一緒に見て回るのも、楽しいよ」

「……本当に？」

「ウソついてどうすんだよ」

俺は肩をすくめた。

エリは俺に懐《なつ》いている。それはいち親族として、うれしいことだ。

厳密にはちょっと、叔父離れができていなさすぎる気もする。故《ゆえ》に、俺とばかりではなく友達との時間も大切にしたらどうだ？　という親心のようなものでしかなかった。

ただそれらは、いずれ時間が解決するだろう。

逆に言えば、時間による変化に任せればいいことなんだ。

人は絶えず変化していく。俺も、弘孝《ひろたか》も、なつきもそうだったように。

エリだってまだまだ変化していく。なんせ高校一年生の十五歳なんだし。

だから、いまここで無下《むげ》に扱う必要も、無理矢理引き離す必要もない。

いまのエリが俺と回りたいと言ってくれるのなら、その意思を尊重しよう。

一緒に見て回るのが楽しいのも、事実だし。

まずはその気持ちに準じて、彼女に接してあげよう。

「エリと祭りに来られたのは、かけがえのない思い出になってるよ」

彼女の瞳が、驚いたように揺れたのがわかった。

俺の言葉は、嘘偽《うそいつわ》りなく本心だ。

エリが大人になれば、叔父離れをすれば、いつしかなくなっていくことだ。こうして一緒に祭りを回るなんて、これから先、あと何回あるだろうか……。

そんな限られた、終わりが明確なイベントなんだ。寂《さび》しいと感じることは否《いな》めない。

だからこそ一緒に楽しめて、いい思い出になっているのは、幸福なことなんだと思う。

「叔父さん……」

エリは俺を見つめたまま、言葉を紡《つむ》ごうとする。

無意識にだろう、少しだけ前のめりに、一歩近づいて――

「私もね――」

けど、エリの言葉は掻《か》き消される。

空に打ち上がった轟音《ごうおん》によって。

驚いて視線を上げれば、夜空に大きな光の花が咲いていた。

「へえ、花火も上がるのか。意外と豪華な祭りだな」

こうして花火をしっかり見るのも、ずいぶんと久々だな。

エリのほうを見れば、彼女もひらりひらりと舞い落ちる光の粒に、夢中になっていた。

花火が打ち上がる度に笑顔が咲き、眩《まばゆ》く彩《いろど》られていく。

「行くぞ、エリ」

「え？」

その表情に、いても立ってもいられなくなったのは、むしろ俺のほうだった。

エリは「どこへ？」と言いたげに首をかしげる。

「せっかくなんだ。もっと近くで見ていこう」

「……うん！」

そうして歩き出そうとした俺の手を、エリがギュッと握ってくる。

心なしか、強く固く。

いまはただ、これでいい。

女子高生になったばかりの子供なエリを、守るために。はぐれたりしないように。

エリの気持ちに応《こた》えてやることがそれに繋がるのなら、俺はこの手をけっして、離したりはしない。

＊　＊　＊

お祭りを楽しみ、花火を堪能《たんのう》して。

いよいよ帰ろうか、って頃には、ほんの少しだけ帯がキツくなっていた。

正直にそれを叔父さんに告げたところ、

「だから、食べすぎなんだよ」

なんて、身も蓋《ふた》もない返事が返ってきた。

年頃の女子高生相手にストレートなんだから。

「だって〜……」

縁日の屋台で買える食べ物って、なんであんなに特別感がすごいんだろう。

焼きそばも、イカ焼きも、チョコバナナもりんご飴も、作ろうと思えば家で作れるし、安くすませられるってわかっているのに。

「まあ、気持ちはわかるけどな。食べたくなるんだよ、特別感あるから」

「叔父さんもそう思う？」

口に出してたわけじゃないのに、叔父さんも同じことを思ってくれていた。

それが結構、うれしかった。

「物の付加価値だろうな。同じ食べ物でも、食べる場所や相手によって感じ方が変わるんだ」

「付加価値……なるほど」

普段の生活で使ったり意識しない言葉だったから、ちょっと勉強になった。

「じゃあ、今日食べた焼きそばの付加価値は、『叔父さんと一緒に回ったお祭りの思い出』ってことだね」

どうりで特別感があっておいしかったわけだ。納得納得。

手には、お母さんのお土産にと思って、綿アメとお好み焼きを持っている。

これにも、叔父さんと一緒にお祭りで買ってきた、って付加価値がつくんだろう。お好み焼きに関しては、お金を出してくれたのは叔父さんだけど。

これをお母さんに渡したら、喜んでくれそうだ。うれしそうな顔が目に浮かぶもん。

でも……実は綿アメは、叔父さんにあげるつもりだった。

今日、一緒に回ってくれたお礼。サプライズで渡す予定だ。

本当に楽しかったな。だからあっという間に終わっちゃったし、このまま帰るのも少し寂しかった。

もうちょっとこうして、手を繋いで夏の夜の空気に触れていたい。楽しかった時間の余韻《よいん》に浸っていたい。

でも、叔父さんの歩みは止まらない。

もちろん、しかたのないことだ。叔父さんは叔父として、私を家に送り届けないとって気持ちでいるわけだし。現実問題、遅くまで女子高生が出歩こうものなら補導もされてしまう。

そう考えると、大人はもっと自由なんだろうな。

まだ夜の九時前。大人にとっては全然、遅い時間じゃない。

自分の意思で、自分の責任で、自分の自由に行動することができる。時間に縛られることなんてほとんどない。

そんな大人に、私も早くなりたい。大人として扱ってもらいたい。

そしたら、叔父さんともっと一緒に居られるのにな……。

でもそんな願いも空《むな》しく、アパートが見えてきてしまった。

あっけなくタイムリミット。なかなか、長い夢に浸らせてはくれない。途端に胸の奥も寂しくなる。

もしここで、私がわがままを言ったらどうなるかな、なんて考えてみる。

子供だな、って呆れられちゃうかな。

しょうがないな、って甘やかせてくれるかな。

どっちの可能性が高いだろうか、なんて思案していくうちに、衝動はあっという間に溶けてなくなってしまった。

それなら勢いに任せ、形あるうちに口にしてしまったほうがよかったと思ったけど、あとの祭りだ。

……考えるより先に行動を起こせたなら、楽だっただろう。

子供のフリをしてわがままを言えたら、楽だっただろう。

でもそうはならなかった。そうはできなかったんだ。

自分本位で、あまりにも都合のいい思考に、嫌悪感が滲《にじ》んでしまったから。

大人になりたい私と、子供のように振る舞いたい私。

結局私は、どうなりたいんだろう。

どうするのが、叔父さんとの関係の中で、もっと幸せを噛《か》みしめられるんだろう。

そんな寂しい気持ちを抱えたまま——やがてアパートは、目と鼻の先に。

「送ってくれてありがと。すっごく楽しかった」

努めて明るく振る舞う。

楽しかったのは本心だし、変に叔父さんを心配させたくなかったから。

今日のことは全部、楽しい思い出のまま、サヨナラをしたかった。

そのためになら、私は自分を取り繕える。芝居は得意なんだから。

「俺も楽しかったよ。いい息抜きになった」

「よかった。叔父さん、すぐ根詰めちゃうんだもん。ちゃんと休まないとダメだよ？」

「わかってるって。エリは小言が多いなぁ、本当に」

「叔父さんのこと心配してるからですー。まったく……ふふっ」

こんな何気ない会話が、本当に心地よい。

温かくて、優しくて、いつまでも浸っていられる。

でもそんな空気感の中、ふと、叔父さんがソワソワしているような気がした。

「……どうしたの？」

「ああ、いや。なんていうか……」

そして、照れくさそうに破顔した。

「いくつになっても、楽しかったイベントのあとは、寂しくなるなって思って」

「……っ」

それはズルいよ、叔父さん。

だって、期待しちゃうもん。つい、口に出してしまいそうになるもん。

私も同じだよ。だから今日は、もっと一緒にいたい……。

——でも、その言葉は、喉《のど》を通ることはなかった。


夜道に響く、わずかな着信音。

叔父さんはポケットからスマホを取り出した。

「悪い、電話だ……」

ああ、どこまでも間の悪い……。

そうガッカリしたけど、仕方がないと割り切る。

「ていうか、ごめん。ここで立ち話しててもしょうがないよね。私、帰るね」

「ああ。姉貴によろしく伝えといて」

「はーい。じゃあ、また明日ね」

控えめに手を振って、私たちは別れる。

アパートの階段を上りながら、ふとため息が溢れた。

さっきの間の悪さ、自分の責任じゃないからこそ、気持ちのはけ口がなくて困る。

いっそ勢いのまま、着信を無視して口に出せていれば変わったかもしれない。

なんて思う一方で、もし本当に仕事の電話だったとしたら？　邪魔になっていただけだ。

それだけは避けたかった。だから、これでいい。

自分をそう納得させながら、ドアの前に立って——ふと気づく。

しまった、綿アメ。叔父さんにお土産として渡すはずだったものなのに。

明日でいいかな、と思ったけど、熱に弱い綿アメは明日の朝にはしぼんでしまう。

慌てて叔父さんを追いかける。別れてから全然時間も経ってないし、まだ間に合うはずだ。

叔父さんの歩いていったほうを見ると、少し先の角を曲がる直前だった。

慣れない下駄だけど、気持ち駆け足気味に追いかけ、角を曲がった。

「——軽く顔出すわ。打ち合わせしといたほうが、よさそうだしな。いつもの店？」

声が届く距離。なんとか追いつきそうだ。

まだ通話中らしいから、無言で渡すだけ渡してしまえば、きっと大丈夫——

「わかった。またあとでな——なつき」
……はたと足が止まる。
ただ、彼の背中が遠ざかっていく。
打ち合わせって言ってた。これはあくまでも、お仕事に関わること。
あるいは、【サ行企画】関連でのことだ。
わかってる。ただそれだけだ。プライベートなことじゃない。
いや、仮にプライベートなことだとしても、私にはとやかく言う権利なんてない。
あってはならない。
私《姪》と叔父さんは、そういう関係であるべきだから。
そう、理屈ではわかっているのに。
ズキズキと。
去っていたはずの痛みが、忘れていたはずの痛みが、ぶり返してきた。
静かに振り返って、歩き出す。元気をなくした下駄の響きが、なんだか空しくさせる。
ふと視線を落とせば、鼻緒《はなお》擦《ず》れで赤くなった足が目に留まった。
「……痛いなぁ」

二度と履くもんか、下駄なんて。

第七章　姪の日常～大人と子供～

What kind of partner will my niece marry in the future?

高校生の経済事情なんてたかが知れている。夏休みを機にアルバイトをしてみたって、それだけでは劇的に変わったりしない。そこには明確に、大人と子供の境界線がある。

例えば、入れるお店の質ひとつとってもそうだ。

女子高生がお茶をする場所といえば、ファーストフード店やファミレスを指す。ちょっとご褒美《ほうび》感覚で奮発して、オシャレなコーヒーショップやSNSで評判のスイーツを食べに行く人もいるだろうけれど、所詮はその程度。

だから、格の違いを思い知らされた……とまでは、さすがに言わないけど。

佐東《さとう》さんに誘われてやってきた喫茶店が、女子高生が気軽に通えるようなお店じゃなかったという点で、まざまざと見せつけられた気はした。

店内は、シックな色合いでまとめられた大人の空間だった。席間隔も贅沢にとって、ゆったりとくつろげる環境が作られている。

そこそこ席は埋まっているはずなのに、目立つ声で喋《しゃべ》っている人なんて、誰《だれ》ひとりとしていない。優雅なジャズの音色に触れながら、みなそれぞれの時間を楽しんでいるんだろう。

挽き立ての豆の香《かお》りが漂う、いわゆる隠れ家的喫茶店。さらに立地が恵比寿ときた。港区ほどじゃないけれど、ある意味わかりやすい。

並の女子高生なら、緊張は免《まぬが》れないだろうお店――にも拘《かか》わらず。

「こっちこっち～」

佐東さんは普段と変わらない明るいノリで、入店したばかりの私を手招きしたのだ。

普段使いしてるお店なんだろうな、となんとなく察した。

「暑い中ごめんね～。道、迷わなかった？」

「いえ、地図見ながらだったんで、大丈夫です」

佐東さんの向かいに座りながら答えると、スッとメニューを私のほうへ向けた。

「まだランチもやってる時間だから、お腹《なか》減ってたらどうぞ？」

「大丈夫です。そんなにお金もないんで……」

「いやいや、高校生にお金出させるわけないでしょ～。呼んだのはこっちなんだし、私が払うから。遠慮しないで」

「……ありがとうございます。でも、大丈夫ですよ」

ニコリと笑って受け流す。

確かに食べてはみたいラインナップが並んでたけど、佐東さんに奢《おご》られるのは貸しを作りそうで、なんだか嫌だった。

メニューから適当にアイスコーヒーを選び、佐東さんがまとめてオーダーしてくれた。手元のおしぼりで手を拭《ふ》く姿を見て、私も倣《なら》う。ふんわりと花の香りがして、オシャレだなって思った。

佐東さんに誘われたのは、叔父さんとお祭りに出かけてから数日後のことだった。以前ＭＶの撮影のときに交換していたラインへ、初めて届いた佐東さんからの要件が、お茶をしようという誘いだった。

ちょうどいい、と思った。

お祭りの日、叔父さんの口から出た佐東さんの名前に、私はモヤモヤとしたイラ立ちを覚えた。でも、自分の抱いた気持ちに、私は納得できなかった。

だってそうでしょ？　私は叔父さんにとって、姪でしかない。三親等の親戚《しんせき》。お母さんの、弟さん。

なのになんで、叔父さんの交友関係がいちいち気になってしまうのか。意味がわからない。

だから、確かめたかった。

佐東さんと対面して話せば、なにか答えを摑《つか》めると思ったんだ。

……いや、ちょっと違うか。

私の中にはもう、答えに限りなく近い言葉は見つけてある。

その答え合わせが、私はしたかったんだ。

「それで、単刀直入にお願いがあるんだけど」

飲み物が届いて一口含んだあと、佐東さんはそう、話を切り出した。

「あなたで一本、脚本を当て書きしたいんだよね」

「……当て書き、ですか」

「そっ。知り合いのプロデューサーに、企画探してるって声かけられちゃって。試しにその当て書きした脚本、持ってってみようかなって思ってさ〜」

当て書きとは、『誰がその役を演じるのか』を、あらかじめ決めたり想定した上で脚本を執筆することだ。

一言に『当て書き』といっても、スポンサーさんや局のプロデューサーさん、芸能事務所の間で、企画・構想の時点から「この人を推したいから主演のドラマを」と、役者が決まっている場合も含む。そういう意味では当て書きはけっして珍しくない。

でも佐東さんの口ぶりだと、もっと本質的な『当て書き』なんだろう。

周囲の要望や条件は関係なく、私が主演することを発想の根っこにした作品……。

「MVのお芝居を観ちゃってから、なんかこう、刺激されちゃってたんだよねぇ」

「あ、ありがとうございます……でも、私ですよ？」

そう切り返すと、佐東さんはキョトンとした顔を浮かべた。

「ただの女子高生で当て書きしたところで、おもしろい作品になるのかどうか……」

一方で、チャンスだとも思った。

役者として再起を考えてはいる。でも、すぐに表舞台へ立つことへの抵抗感は、いまだ拭い切れていない。

そんな中で、私で当て書きした本があって出演をお願いされれば、強制的に逃げ道を失い、やらざるを得なくなる。荒療治だけど、表舞台に立つ覚悟は持てるだろうし。

でも謙遜してしまったのは、私がかつての『花澤可憐《はなざわかれん》』であることを、まだ叔父さん以外に伏せているからだ。伏せようと誤魔化《ごまか》すクセがついてしまっていたから。

それと……もうひとつは、相手が佐東さんだったから。

なんとなく、得体の知れないものを背後に感じてしまって、警戒していた。

「ああ、ごめんごめん。絵里花《えりか》ちゃんで当て書きしたいんじゃなくてさ――」

気味が悪いほどの笑顔で、佐東さんは続けた。

「『花澤可憐』に向けて言ってたのよ」

「……っ」

紛らわしくてごめんね、と取って付けたように謝る佐東さん。

MV撮影のとき、なんとなく佐東さんに覚えていた違和感が、太い輪郭を結ぶ。

「ちなみに結二《ゆうじ》も知ってるよ。私が絵里花ちゃんのこと、気づいてるの。まああいつは、知られたくなさそうにしてたけど。気づいちゃったものはしょうがないよね」

なんとなく、ふたりのやり取りは目に浮かぶ。

叔父さんは私のことを守るために、隠し通すことを選ぼうとしたんだろう。

でもたぶん、この人のほうが一枚上手《うわて》だったんだろうな。

「だから、変に誤魔化さなくても大丈夫♪　だいたい『当て書き』って言葉の意味を訊《き》いてこなかった時点で、業界側の人間なのはほぼ明白でしょ」

カマをかけた、ってこと？

いやでも、そんなことをしてまで私の正体を暴くメリットが見当たらないし……単に事実を述べただけかな。

どっちにしろ私も、一貫して誤魔化すつもりがあったのなら、迂闊《うかつ》なリアクションだった。

「もちろん、誰にも言わない。週刊誌にリークするつもりもないよ」

「……どこまで知っているんですか？」

「世の中に出ている情報プラス、いま目の前にいる絵里花ちゃんが『可憐ちゃん』だってことだけ。引退の詳しい経緯とかまでは知らない」

それには少しホッとした。知られてうれしい話じゃないし。

同時に佐東さんが、あることないこと取り込み、そのまま吐き出すような人じゃないことにも安心した。

こういうところは、信用してもいい〝できた大人〟なのかもしれない。

「でも、芝居にトラウマがあるって話は結二から聞いてはいたの。だから、MVに出てくれたのは結構ビックリしちゃって。もしかして復帰の意志があるのかな？　ってさ。だったらせっかくの付き合いだし、復帰作として演じやすいよう私が本書くのもいいかもねって思って」

佐東さんほど頭が回る人なら、そういう考えに至るのも納得と言えば納得だ。

脚本が書けて、目の前に復帰を考えている役者がいる。しかも、かつて社会現象を巻き起こした子役の『花澤可憐』が、だ。

私の芝居になにかしら感じ入るものがあって、刺激を受けたというのなら……彼女の取った選択はまさしく、作家としての本能なんだろう。彼女のキャリア的にも、『花澤可憐』が主演の作品で脚本を執筆というのは、箔もつくだろうし。

でも私にとっては、あのMVでのお芝居は全然、納得できるものじゃない。

いくら叔父さんや瀬戸《せと》さん、佐東さんが褒《ほ》めてくれたとしても、あれを引き下げての復帰なんて『花澤可憐』としては到底許せない。

だから、たとえ『花澤可憐』での当て書きと言われたところで。

いまの『花澤可憐』としては、やっぱり話には乗れない。

そう、黙っている姿を見かねてか、

「いますぐ決断しなくても大丈夫」

佐東さんはケラケラと笑うように言った。

それには私も、小さく「はい」と頷《うなず》いた。

「……いつから気づいてたんですか？」

「初めて会ったときだよ？　結二んちにお邪魔して、会ったときから」

驚きよりは、やっぱりか……という気持ちだった。

MVの撮影時には、もううっすらと気づかれている気はしていた。

それ以外で佐東さんとの接点なんて、叔父さんたちが宅飲みしたときだけだ。

タイミングとしては、そのどちらかしかない。

「じゃあ、駅まで送ってもらったあのときも……？」

「うん。人をよぉく観察してたのには、さすが元名子役だなぁって感心しちゃったよ」

そこまで見抜いてた上で、素知らぬフリを貫いていたってことか。

私が『花澤可憐』であることを明かさないし、叔父さんは隠そうともしていたし、そのあたりの事情をくんで、あえてそう振る舞っていたんだろうけれど。

そうやって表と裏を取り繕い、巧《たく》みに共存できる佐東さんは、本当に、実態の摑めない人だなと思う。

……と、そこまで思案して、ふと疑問に思う。

「そういえば、気になってたんですけど……。私、叔父さんたちが専門に通っていた頃《ころ》には、既に『花澤可憐』として活動してました」

「時期的には、そうなるね」

「なのに、なんで佐東さんも瀬戸さんも、私と叔父さんの関係を知らなかったんですか?」

「そりゃあ、結二が話したこと、なかったからだよ」

さも当前のことのように佐東さんは答えた。

でも、本当に当たり前のことなんだろうか?

身内が著名人で、まさにいまその瞬間、一世を風靡《ふうび》する存在だったなら……ましてやその存在と隣り合わせな業界を目指している人たちなら、話題に出しそうなものなのに。

不思議に感じて黙っている私を見て、なにかを察したのか、佐東さんは口を開いた。

「結二はね、そういうやつなのよ。昔から」

「……え?」

「自分にとって大切ななにかを、エサにしたり出汁にして自分の評価を高めようとか、ことを有利に運ぼうなんて選択を、絶対にとらないタイプなの。その『大切』の中には、友達とか身内とか仲間とか、そういうのが入るかな」

マンガの熱血キャラみたいでしょ? と佐東さんは笑った。

「いまでこそ、あんなふうに落ち着いちゃってるけどさ。昔は熱っ苦しくて行動力の塊《かたまり》で、とにかく愚直なまでにまっすぐなやつだったの。だから不器用なんだよね、基本的に。利用できるものはほどよく利用したほうが合理的なのに、どうしても感情がそれを許さないっていうか。まあ、いまもそういうところは変わらないけど」

なんとなく、わかる気はする。

叔父さんに与えられている優しさや、ときに過保護にも感じちゃう部分は、まさに『大切な存在』を大事にする気持ちから来ているんだろう。

だから、変わらない叔父さんの叔父さんらしさに、ちょっとうれしい気持ちが芽生えた。

でも、そういう熱血なところがあったなんて、私は知らなかった。見たことがなかった。

以前、私のために怒ってくれてビックリしたことがあったけど、私にとってそれぐらい、叔父さんが熱血であったという事実は、未知の領域だ。

そう……身内の私は知らない。

でも、目の前の佐東さんは知っている。

なんだかそれが無性に、ムカムカしてきちゃって――

「自分は叔父さんのこと、よく知っている……って言いたげですね」

思わず口をついてしまった。

いくらなんでも露骨すぎただろうか、と焦《あせ》りながら、佐東さんの顔色を窺《うかが》うと。

「そりゃあ、それなりに付き合いもあるからね。嫌でも目に留まるやつだったたし」

彼女は、おおらかに笑ってから、

「でもいま思えば、惚《ほ》れた側の弱みってやつだったんだろうね」

……………え?

いま、この人は、サラリとなにを言った?

脳での理解が追いつかない。でも体は正直で、喉《のど》の奥が熱を帯びていく。

声が出しづらい。声帯をこじ開ける。

「佐東さんは……その……」

続けることのできなかった先の言葉を、佐東さんは憎たらしいほど正確にくみ取って、クシャッと破顔した。

「そうは見えなかったでしょ? でも、実は……ね」

「……確かに、意外ですね」

自分の声が体のどこから出ているのかわからなくなって、気持ちが悪い。

でもこのまま黙っているのも不自然だし、なんとか会話を成立させないと。

落ち着け、落ち着け、落ち着け……そう、自分に言い聞かす。

私は役者。【平常心の芝井《しばい》絵里花】を演じればいいだけだ。

スウッと一息入れ、憑依《ひょうい》させる。

「そんな素振り、見せてませんでしたし。あと、その……佐東さんの性格的に、そうは見てないだろうなって勝手に決めつけてました」

「あはは！　だよね？　よく言われる」

コーヒーを一口含んでから、佐東さんは続けた。

「確かに初めて会った頃は、『なにこの、中学生がそのまま成長しましたみたいなガキは』って思ってたよ。愚直すぎてさ。でも案外私も、そういうあいつと連《つる》んで騒いでるときが居心地よくてさ」

所在なげな指先が、ゆっくりとソーサーを撫《な》でる。

わずかに揺れるカップの水面に視線を置きながら、きっと佐東さんは、学生時代に思いを馳《は》せているんだろうな。

「私の趣味とか夢を否定せずに、受け入れてくれた人だったんだよね……。専門は比較的、そういう熱意のある人が集まりやすい環境ではあるんだけど、ことさらに結二は興味持ってくれて。映画とかドラマだけじゃなくて、好きなアニメにマンガの話も、たくさんした。たくさん聞いてくれた。それが楽しかったし……うれしかったのよ」

はにかむ佐東さんは、悔しいほどに、ズルいぐらいに、少女のような顔をしていた。

ざわざわと騒ぐ胸をいま一度落ち着かせて、私は訊《たず》ねた。

「でも、佐東さんと叔父さんは、お付き合いにまでは進まなかった……んですよね？」

「うん。私が結二のことを好きだったんだって気づいたの、あいつが他《ほか》の人と付き合い出したことがキッカケだから」

「その人と叔父さんが別れたあとは……」

「お互い仕事が忙しくなって、会う機会も目に見えて減ったからね。チャンス作れずにそのま、ズルズル～……って感じよ」

佐東さんは困ったように「我ながら女々しすぎて笑えるよ」と続けた。

私としては、なにひとつ笑えなかったけれど。

「ああ、はっず！　柄にもなく恋バナだよ、恋バナ。女子高生相手にガチで語っちゃってる」

手うちわで扇がれた頰《ほお》は確かに赤い。本当に恥ずかしいらしい。

なんでも正直に話す性格のわりに、恋愛には奥手……ということだろうか？

ますますズルいじゃん、そんなの。

「でも……昔の叔父さんのこと、ですよね？」

思わず口をついて出ていたけれど。

もしこれが対抗心ゆえの言葉だったなら、みっともないし不毛だな。

「佐東さんが好きだった叔父さんは昔の……学生当時の叔父さん、なんですよね？」

「そう思って、興味が失せると思ったんだけどね～。他の恋で忘れようとしたこともあったけど、そんな器用な人間じゃなかったみたい。サ行企画を弘孝《ひろたか》が立ち上げて、また連むように

なったらさ、なんかぶり返してきちゃって」

他の恋で……つまり叔父さんを想《おも》う気持ちに蓋《ふた》をして、他の男性と……ということだ。

不潔、とは思わない。並の女子高生ならそう感じるのだろうけど、私の場合は、芝居の世界を通して大人をたくさん見てきていた。

そういう大人もいるってことは、体感的に知っていた。

ある種の荒療治なのだろうし、結果として気持ちが移ろい、幸せを得られた人たちがいることも、知っている。

……逆に言えば。

それほどの強攻策を講じても、この人にとって叔父さんの存在は、叔父さんへの想いは、けっして消えることがないほど大きく強かったということ。

「あ、これ、本人には内緒ね」

あざといまでの「しーっ」のポーズをする佐東さんには、さすがにイラッときてしまった。

「言いませんよ」

その感情に釣られて、ため息交じりに答えてしまったことを、少し焦ってしまった。

目の前の女性は、そういう隙《すき》を逃すような人じゃないのに。

「……もしかして絵里花ちゃんさ」

佐東さんは意地の悪そうな笑みを浮かべた。

「叔父さんを盗《と》られるかもって、心配？」

「……っ！」

カッとなる……のを、必死に堪《こら》える。

いまの私が、一番触れてほしくないところだった。

「そういう顔もできるんだね」

堪えたつもりだったのに、顔に滲《にじ》み出てしまったらしい。

まじまじと私を観察してくる佐東さんは、どこか楽しそうな口ぶりだった。

「絵里花ちゃん、ずっとすまし顔で微笑《ほほえ》んでばかりだったからさ。初めて感情的になってくれて、お姉さんうれしいよ」

「……言ってる意味が、よくわかりませんが……」

「花澤可憐ちゃんの芝居を、ますます使いたくなってきたってこと♪」

本当にこの人は……どこまでも明け透けな人だ。

きっと仕事に対しては常に合理的で、自分にとってのメリットに実直だからだろう。

余計な感情に左右されないだけ、こういう人のほうが、いわゆる『成功者』になれるんだろうな。

そう思う反面——どこか納得できないのは、私がまだ大人になり切れていないからだろう。

＊＊＊

嫉妬《しっと》なんて醜い感情だ、と思っていた。

でもいざ自分が、他人に嫉妬していることに気づくと、それはある種の尊い感情なのかもしれないと、あっさり手の平を返していた。

実際、なにからなにまでネガティブな感情というわけじゃないんだろう。

行動を起こす原動力にもなり得るし、「なぜ嫉妬したのか」を逆算して自分の現状を把握することもできるから。

もっとも……そう肯定でもしないと羞恥心で押し潰《つぶ》されてしまいそう、というのが本音。

じゃあ、嫉妬心から見えてきた【私の現状】って、なんだろう。

答えは単純。

私はなにひとつ、対等なんかじゃないということ。

叔父さんの周囲にいる人たちと比べて、私は圧倒的に子供だった。

辛《つら》い経験を機に退《しりぞ》いたとはいえ、一時は子役として社会の中で仕事をしていた身だ。同世代の誰よりも大人と関わり、知識を蓄え経験してきたのも事実。

だからこそ自分も、同じ位置にいる。

……などと、度し難《がた》いほどの勘違いをしていたのは、間違いない。

同級生や同世代よりも経験は豊富だが、それはけっして【大人である】ことと同義ではないんだから。

ダサすぎる。そんなことにやっと気づくなんて。

私は、子供だ。

十五歳。高校一年生。いまの収入はバイトで稼げる数万円。ついでに胸はギリギリのC。

佐東さんと比べたら、なにもかもが圧倒的に子供だ。

事実を認めたくなかった潜在的な気持ちが、佐東さんに対して嫉妬という形で表れたんだろう。ムキになってしまったのも、それが理由だ。

そうやって客観的に受け止めてしまえば、なんのことはない。昼間の佐東さんの態度にいら立っていた理由も、自ずと見えてくる。

私を舐《な》めているように感じたから。

利用される未来しか想像できなかったから。

たとえそれが私の被害妄想でしかないのだとしても……。

私と佐東さんがなにひとつ対等ではない事実を考えれば、施しを受ける側は確実に私だ。

わかっている。佐東さんの行動は、合理的に考えればなにも間違っていない。

感情的にならず飛びつくことができていれば、互いにウィンウィンだったんだから。

だから佐東さんのことを、この一件でキライになったとか、そんなことはない。

まあ、心から好きとも言い切れはしないけど。

ただ——あの人のやり方に納得できないのなら。私は自分の足で、自分の意思で、未来を決めるしかない。

上から目線の他人に甘えない。施しは受けない。

自分の望む未来は自分で摑み取り、結果を残さなくちゃいけない。

そうして初めて、私は叔父さんや叔父さんの周りにいる大人たちと、対等でいられるんだ。

早く大人になりたい、と思った。

大人になることの意味を知った。

ならあとは、行動を起こすだけ——。

佐東さんと別れ、叔父さんの家に向かう道すがら、私はお財布にずっと忍ばせていた紙切れを取り出すと、電話をかけた。

記載されている番号が、私を導く経緯度になってくれると信じて。

「……すみません。先日、スカウトを受けた者です」

第八章　ヴァリアスタープロダクション

フリーランスとして働く上で必要なものはいくつかある。

その中から、最終的な生命線になるものをひとつ挙げるとすれば、間違いなく人脈だろう。

特に、継続して仕事を回してもらえる太いクライアントは、なによりも大事にしている。頼りにされれば、多少無理してでも仕事を請けるだろう。

一方で、どうしてもスケジュール的に厳しい場合は、安心して断れる。その程度で途切れるような縁じゃないところまで育んだからだ。

だからこそ、相手からの依頼に面と向かって文句を言う、なんてメリット皆無なこと、普段はしないんだが――

『ゆーじさん、一緒にサブチャンネル作って荒稼ぎしましょーよ！』

「過労死させる気か……」

いつも通り、リモートでの打ち合わせ中。

画面の向こうで軽薄そうにニコニコしているピンク髪の男は、世間でトップユーチューバーと名高いＳＵＧＡＳＨＵＮこと、春日隼《かすがしゅん》。

俺《おれ》の太いクライアントのひとりだ。

『え〜？　ゆーじさんなら余裕じゃないっすか！　スタジオに勤めて編集の仕事やってたとき、四十八時間ぶっ通しなこともあったって言ってたじゃないっすか。そのときのゆーじさん、どこ行ったんすか！』

「加齢と共に消えたよ」

ツッコんだ瞬間、一気に空《むな》しさが去来したが知らないフリをする。

「てかその労働時間を強制するな。仕事としてアウトだ、そんなもん」

『冗談に決まってるじゃないっすか〜。やだなぁ、ゆーじさん。オレからの仕事は超絶ホワイトだって、よく知ってるくせにぃ』

「サブチャンネルの編集まで掛け持てば、さすがにブラックまっしぐらだ。こういう言い方はしたくないけど、俺は隼とこの編集代行だけが仕事じゃないんだ。すでにスケジュールもかつかつなんだよ」

『もちろん、それはわかってるっすけど……』

隼との仕事を始めたのは、フリーになって一年後ぐらいだ。

彼が編集代行を募集していたのを見て、興味本位で応募したのがキッカケだ。

以来、彼の演出意図を正確にくみ取って作業する技術や、映像への細かい気遣《きづか》いを欠かさない編集が評価され、彼の動画のほとんどは俺が一律で受け持っている状態だ。

彼の更新は、週六回。ストックを持っているとはいえ、基本的には流行《はや》りに沿ったコンテンツが多いため、スピードも求められる。

これ単体なら大したことない仕事だが、他《ほか》にも収入のメインとなる重い仕事を並行しているため、現状はかなり手いっぱいだった。

『これぱっかりは、ゆーじさんの手を借りないとキツそうなんすよ。できる編集者探すのも苦労しそうなんす』

「俺の手を？　どんなチャンネル作る気だよ」

『お、興味持ってくれたっすね⁉』

一気にパァッと明るい顔をし始める隼。

面倒なスイッチ、押したかな。

『いま画面共有にするんで、ちょっと待ってくださいっす！』

「行っとくけど、やるとは一言も言ってないからな？」

念のため釘《くぎ》を刺すが、反応はなく。

そうしている内にビデオ通話アプリの機能を介して、隼の見ているモニターの映像が映し出される。

最初に覚えたのは既視感だった。

でもそれは瞬時に拭《ぬぐ》い取られる。

『こういう動画、自分のチャンネルでも試してみたいなって思ったんすよ』

言いながら参考動画として見させられているのは、他でもない——【サ行企画】にアップされている、俺の編集したVFX動画だったからだ。

『このあるあるネタの誇張表現が笑えて、「あ〜自分ならこういうネタ仕込むなぁ」ってのが見えてきちゃったんすよね』

他人の創作物などにインスパイアされて、新たなアイデアが芽吹く。

クリエイターあるあるだな、と思う。

『ゆーじさん、VFXは仕事で作ることあるんすよね？　だったらちょっと手伝ってもらえないかなって思って相談したっす！』

隼の人脈を考えると、俺は都合のいいツテだったわけか。

いちから探して人間関係も構築していく方法もある。だがもし既に関係性ができあがっているなら、わざわざ余所《よそ》で探すのは労力必要だもんな。妥当な判断か。

しかし……まさか自分の編集した動画をベンチマークに勧誘されるなんてな。

正直なところ、つい笑ってしまいそうだった。

隼には、俺が【サ行企画】に関わっていることは伏せていた。

こいつ自身は【サ行企画】が、一介の素人チャンネルではなく現役《げんえき》プロが覆面被《かぶ》って制作・運営してるものだと感づいている。

加えて以前、編集のクセを見抜き、俺がメンバーのひとりだと疑われたこともある。【サ行企画】の運営方針的に、スタッフの実名は一切《いっさい》明かさないことになっていたから、そのときは濁《にご》したんだが……。

「作れないことはないし、チャンネルと企画の意図はわかった」

競合他社ではあるが、正体を隠している以上、デメリットもないだろう。

仕事として依頼され、スケジュールがとれるなら、俺は仕事を選ぶことはしない派だし。

「ただ、どうしても俺に任せたいのなら、メインチャンネルの仕事量はちょっと相談させてほしい。 VFXを量産するには、いまの制作本数だと一週間徹夜したって無理だ」

『そこはもち、オッケーっす！　もう他の編集者さんに声かけてるんで』

行動力半端《はんぱ》な……。

情報の動きや流行り廃《すた》りが目まぐるしい時代だ、素早く動ける人間はやっぱ強いな。

『ついでにもうネタは四十個ぐらいあって、うち十個ぐらいは撮り終わってるっす』

「見切り発車にもほどがあんな」

『ゆーじさんは断らないって思ってたんで！　素材渡すんで、あとで細かな演出擦り合わせるっす』

……お見それしました。

これだけ先回りで動かれたら、断るわけにもいかないな。

「了解。にしてもこの行動力、よっぽど刺激受けたんだな」

『それもあるんすけど……やっぱ、嫌だなって思ったんすよ』

「嫌？」

『ユーチューブで俺より目立たれるのがっす』

聞き返すと、隼はさも当然のようにケロリと言った。

『そりゃあ、みんなでどんどん盛り上げていって、プラットフォームが活性化してくれたほうが、こっちも旨味《うまみ》があっていいことだと思うっすよ？　でも国内のユーチューバーじゃ俺が、黎明期《れいめいき》と過渡期《かとき》を引っ張ってきた第一人者だって思ってるんで。そのブランドっつーかプライドは崩したくないんすよ』

……心底、バケモノみたいなやつだな、と思った。

要するに、意地でもトップは譲らないという上昇志向の塊《かたまり》。

これだけ群雄割拠《ぐんゆうかっきょ》と化したユーチューブという世界で、いまも昔も、そしてこれからもトップの座を維持し続ける。その過激な競争を生き抜かんとする意欲と、求められる行動力は、並大抵のことじゃない。

なにをどうしたら齢《よわい》二十三にして、こんな強メンタルを得られるんだろうか。

『実際【サ行企画】、ＶＦＸ動画をやる前から登録者数と再生回数伸びてきてたんすよ。そのタイミングで、狙《ねら》ってハイクオリティーな動画出して客を摑《つか》んでる……。うまいやり方っすよ、結局有象無象《うぞうむぞう》が溢《あふ》れ出したら、クオリティー雑魚から蹴落《けお》とされる世界なんで』

「だから、自分も負けたくない、と」

『そっす。ぶっちゃけ、クオリティーならこっちも負けられないもの作れるんで。だったら後乗りでパクって、より高いクオリティーでまくり返してやろうってことっす』

まさしく俺がパクられ元だから笑い話としてすませられるが、このためらいのなさとほどよくバグってる倫理観は、聞く人によっては不快感極まりない話だろうな……。

でも、だからこそ成功者たり得ているのも事実だろう。サイコパスほど高収入……だなんて話はそこかしこで聞くし。

そう納得していると、隼はたちまち不服そうな面持《おもも》ちで続けた。

『にしても、【サ行企画】もアコギなやり方するっすよね』

「どういうことだ？」

そんなことをした覚えはないのだが、あくまでも主観でしかない。

幸い、俺がその【サ行企画】のメンバーとは気づかれていないんだ。

パクることは容認するから、代わりに情報だけでも仕入れておこう。

『【サ行企画】で検索したら、名前がクレジットされてるMVが引っかかって、観てみたんすけどね。めっちゃ有名な子役が出てたんすよ。「花澤可憐《はなざわかれん》」。知ってます？』

「……………まあな」

知ってるもなにも、俺の姪だからな。

とまで思考して、ふと気づく。

「隼、よく気づいたな。その子が花澤可憐だって」

『あ、ゆーじさんもMV観たんすか？　さっすが、アンテナ感度ビンビンっすね！』

「え……あ、ああ……」

やっべ。

思いのほか俺も動揺してたのか、うっかり「MVをよく知っている」前提で話してた。

『そりゃあ俺、結構世代ですもん。親が特にっすかね、すごい子役がいるって。で、顔覚えてたんで一発っすよ』

やはり、か。

あのMVに関して問い合わせが来ているって話は、弘孝《ひろたか》からも聞いている。関心を持たれているってことだ。

なら、エリの正体に感づく人間も、そろそろ現れてくるだろう。

『あんな名子役をこっそり引っ張ってくるとか、そりゃバズるに決まってるじゃないっすか。いくら金積んだんすかね。名前出さないのは、やっぱ引退した理由とかが絡《から》んでたりするんすかね』

実際は身内の出演だから、ギャラはほぼゼロだ。俺が撮影現場までの足代を出した程度。そもそも出演の予定もなかったイレギュラーだったし。

だけどもしエリが現役だったら、実績と名声を加味して最低百万円は堅いだろう。ノンクレジットでだ。名前を出すならその分、広告価値を含んで百五十万を超えるかもしれない。

一介の女子高生に、それだけの潜在的価値が眠っているってことだ。

エリの存在に感づいた人間が動き出し始めても不思議じゃない。

或いはもうすでに……なんてことも。

そうなる前に、早々にエリの受け入れ先である事務所を探してやらないとな。

隼に察知されて改めて、心に決めた——

「……ん？」

まさに、そのときだった。卓上のスマホから通知音が鳴ったのは。

音を消し忘れていたようだ。

『お、なんすか？　婚活っすか？　ていうかまだ婚活なんて金の無駄遣いしてたんすか？』

「お前のそれ、ガチで婚活がんばってる人全員、敵に回すぞ？　気にしないだろうけど」

呆《あき》れつつ、俺はスマホを開く。

ポップアップされている内容は、弘孝からのラインだった。

なんの用事だろう？　という意識とは別に、その不可解な内容が気になった。

すでに何通か届いており、最新の内容が『大丈夫か？』となっていたからだ。

不思議に思いながらアプリを開き、内容を確認する。

「……悪い、隼。ちょっと急用ができた」

『ああ、そうなんすね。狙ってる女からのお誘いっすか？　ゆーじさんも隅に置けな――』

「すまんが、冗談に付き合ってる場合じゃない」

完全に無意識だった。仮にもクライアントだ、こんな怒気を孕《はら》んだ声で制するようなマネはしたくなかった。

『……ごめんっす、よっぽどのことなんすね。俺が空気読めてなかったっす。今日はいったん解散するっすよ』

こういうとき、隼の物わかりのよさには助けられる。

『でも、どうしたんすか？　そんな怖い顔して……』

怖い顔……もちろん意識してそうしているわけじゃない。

でも弘孝からのこのラインを読んで冷静でいられるほど、俺は大人じゃなかったらしい。

『さっき渋谷で絵里花《えりか》ちゃん見かけた』『ヴァリプロに入ってったぞ？』

『大丈夫か？』

「俺の姪が、ヤバいことになってるんだ」

＊　＊　＊

「まさか、連絡してもらえるとは思ってもみませんでしたよ」

再会して開口一番、スーツ姿の女性は満面の笑みを浮かべてそう言った。

崎森《さきもり》さん――六月のあの日、雨の中、私をスカウトした女性その人だ。

「スカウトって本当にダメ元なんですよ。ナンパとかキャッチのほうがまだしも、成功率高いというか。ほら、タレントに興味ありませんか、とか胡散《うさん》臭いでしょ？」

そう自虐的《じぎやくてき》に言われると、返しに少し困るなぁ。そうですね、なんて言えないし。

「それに芝井《しばい》さん、そんなに喜んでいるふうでもなかったから。興味なかったか警戒されてたのかなって、諦《あきら》めてたんです」

「すみません、あのときはビックリしちゃって」

そんな雑談を交えながら、事務所の中を案内される。

見た目は、ごく普通のオフィスって感じだった。比較的きれいに整えられている印象だ。ところどころ、番宣用のポスターなどが貼《は》られていて、所属タレントの名前と一緒に『出演中！』の札が貼られていた。それなりにしっかりした事務所なんだろう。

ただいかんせん、所属タレントの名前と顔が一致しない。顔も名前も、それぞれ単体なら見覚えや聞き覚えはあるけれど。

原因は、子役を引退してから、テレビ番組を観る機会がめっきり減っていたことだ。

特にドラマや映画など役者が活躍する類《たぐ》いのものは、子役時代の苦しみがフラッシュバックしそうで怖く、観られなかったんだ。

そのため、並の女子高生に比べてだいぶ、芸能事情には疎い。明確に私の弱点だ。役者として再起を考えているなら、ちゃんと追いかけるようにしないとなぁ。

でも今日に限れば問題はない。昨日のうちに、主に有名なタレントさんの情報は覚えてきた。話題に上っても、なんとかついていける……はず。たぶん。

なんてことを考えているうちに私は応接室に通された。

黒革のソファーに座って待つこと、数分。

「すみません、お待たせしました。ミーティングが長引いてしまって」

入ってきたのは、線の細い優しそうな男の人だった。

ピシッとアイロンのかかったシャツとスーツを身に纏《まと》っていて、しっかりしている印象を受ける。

もし万が一、がたいの大きい怖い人だったらどうしよう……って不安も少しだけあったから、ひと安心だ。

男性は名刺を取り出した。

「ヴァリアスタープロダクションの木瀬《きせ》と申します。マネジメント事業部の部長、簡単に言えば弊社勤務のマネージャーの総轄をしています」

「芝井絵里花です。今日はよろしくお願いします」

立ち上がって挨拶《あいさつ》をしたあと、名刺を両手で丁寧に受け取る。

手で座るよう促《うなが》されるのを待って、着席する。向かいに座った木瀬さんは、感心したよう
に息を吐いた。

「事前に教えてもらったプロフィールには高校一年生ってあったけど、本当です？　ずいぶん
落ち着いてて、しっかりしているなぁと」

「ありがとうございます。家が結構、そういうのにうるさくて」

本当は、子役時代からずっと培ってきた礼儀作法が染《し》みついてるだけだ。

でもウソは言ってない。ああ見えてお母さん、厳しい人だし。そういうのを大事にするよう
意識してはいた。

「じゃあ、いいところのお嬢さんだったりするんですか？　芸能界なんて、反対されませんで
した？」

「全然、一般家庭です。それに……反対以前に、まだちゃんと話してはいないんです」

木瀬さんはあからさまにハッとなった。

「それは、どうして？」

「まずは、自分でちゃんと話を聞いてみようと思ったんです。その上で、自分で考えてある程

度の結論を出してから、親に相談しようかなって」

「なるほど。高校一年生なのに、自立してる大人な考え方ですね」

大人……そう言われて、悪い気はしなかった。

だって私は、大人になるためにここにいるんだもん。

自ら考え、自ら行動を起こし、自らの手できちんと結果を作り出す。

誰《だれ》の力も借りず、自分の行動で役者としての仕事をとる。

そうやって初めて、私は叔父さんの周りの人たちと、対等な人間でいられると思うから。

――過去の栄冠にすがって、なにもせず返り咲けるほど、甘い世界じゃないと思うぞ
以前叔父さんに叱られたとき、その通りだなって思った。

物事をすごく甘く考えていたと思い知らされた。

だけど、ごめんなさい叔父さん。

すがることはしない……でも。

「多分それは、以前、子役をやっていて培った考え方かもしれません」

「……え？」

大人になるためなら、過去の栄冠ぐらい、上手に利用してみせるよ。

「実は私――『花澤可憐』です」

「えぇっと……それ、本当に？」

「はい。過去に出演した作品名と役名はすべて言えます。あと、子役当時にプライベートで撮ってもらった写真も、ここに」

スマホの写真フォルダを映し出して、テーブルに置く。

木瀬さんと崎森さんは、驚いた様子を隠さずに写真を見、そして私の顔とを見比べた。

「確かに、面影《おもかげ》はありますが……」

「他に証明できそうなところだと、こちらの写真のうなじのホクロ、同じ位置にあります」

後ろ髪を持ち上げて身をよじり、木瀬さんたちへうなじを見せる。

正直、書き足したり整形でいじれるポイントではあるから、証明にはなりづらいかもしれない。けどいまのところ、提示できるのはこれが限界だった。

「……いや、充分です。詳細に調べれば、どちらにせよ明らかになります。そうでなくとも、こちらはスカウトした側ですからね。芝井さんの入所について、ご本人が前向きに検討してくれているなら、一切の異論はない姿勢です」

木瀬さんは崎森さんに目配せをする。無言で頷《うなず》いた彼女は応接室を出ていった。

思った通りの展開だった。

元から入所について異論はないと言いつつも、スカウトした子が――　そして自ら話を聞きに来た人間が、かつての名子役。

芸能事務所としては、絶対に逃したくない人材のはず。

よりスムーズに話は転がると踏んでいたけど、まさしくだ。

でも、私が過去の栄冠を利用するのはここまで。

「もし入所したとしても、芝居にはだいぶブランクがあります。最初は役名もない端役で構いません。一から鍛え直すつもりで考えています」

役者の世界に戻りたいと考えたときから、ずっと頭にあったことだ。

MVで見せた、あの体たらくなお芝居。あれでいっぱしの仕事ができるなんて思えない。

でもいずれは、この名前で返り咲く。

いまはそのための勘を取り戻すべく、耐え忍ぶタイミングだ。

「なるほど、ストイックですね。こちらとしてはせめて、脇役ぐらいからでも名前と顔を出していきたいんですが……ご本人のスタンスを尊重しましょう」

木瀬さんはニコニコと頷く。

話の通じる人でよかった……。

「では他にも、いろいろ質問をさせてください。言い難《にく》いことは無理に言わなくても構いません。まずは――」

そのあとは、プライベートなことから今後の役者としての展望についてなど、いろんな質問に答えていった。

ときおり雑談を交えつつだったから、とても穏やかな時間に感じた。私としても話しやすくて、きっとそういう空気を意図的に作ってくれていたんだろうな、って思う。

次第に私は、高揚感を覚え始めていた。

いままではお母さんに任せていた役者としての営業活動を、自分で行っている。

そのテーブルに自らついているという事実が、自分の新しい一面を見出し、一皮剝《む》けた気分になっていた。

不思議だ。自分の中から、奇妙に思えるぐらい自信が湧《わ》き出てくるんだから。

それはあっという間に、芝井絵里花という容器を満たし、楽しい気持ちにさせる。

大人って、こうやって仕事しているんだな。

密かに憧《あこが》れていた場所に、自分が、いままさに存在している。そう思うと、ただただ万能感が溢れてくる。

今日の話を叔父さんやお母さんにしたら、なんて返ってくるかな？

大人になったな、って褒《ほ》めてくれたら、うれしいな……。

「――では、質問は以上です。ありがとうございました。いやぁ、いろんなお話が聞けて楽しかったですよ」

「ありがとうございます。私も楽しくて、つい話しすぎちゃったかもしれません」

相変わらず笑みを浮かべている木瀬さんは、そばに控えていた崎森さんに目をやった。

彼女から一枚の紙を受け取ると、それを私の前に差し出す。

「……あの、これは？」

「契約書です。弊社の所属タレントとして、ぜひ契約を交わさせてください」

確かに、紙の一番上には『マネジメント契約書』と書かれていた。

……あれ？　こういう手順で、合ってたたっけ？

「もう、今日のうちにですか？　高校生がこういう契約を結ぶときって、親の同意書がいるはずじゃ……」

少なくとも、スーパーでバイトを始めたときは、そうして契約を交わしていた。

それに契約の前には、さすがにお母さんや叔父さんにも話そうと思っていたし。

突然の契約書の登場に驚いてしまった。

木瀬さんはややあってから、笑顔を崩さず続けた。

「仮契約ですよ。せっかくこうして出向いてくれて、芝井さんも前向きのようですし。当社としては、また貴方が街でスカウトされて、余所に引き抜かれたりしたら……ねぇ」

なる、ほど？

仮押さえとしての約束ってことなんだな。確かに、木瀬さんたちの立場になれば、気持ちはわかるけど……。

「でも、今日は印鑑持ってきてないですよ?」

「大丈夫です。本契約のときに、親御さんの同意書と印鑑を用意してもらえれば。今日は署名だけで構いません。それでもって仮契約成立とさせていただきます」

署名、印鑑……正直、それぞれがどう法的な力を持っているのか、ちゃんとはわかっていなかった。署名だけなら仮契約、印鑑もセットだと本契約ってこと……なのかな?

正直、ひっかかるものがないわけじゃない。アルバイトとしてスーパーの会社と契約書を交わしたときとは、明らかに流れが違っていたから。

けれど、芸能界の契約っていうのは元々、こういう手順をとるものなのかもしれない。私が現役だった頃《ころ》はお母さんが対応していたし、知らなかったのは無理もない。

そもそもスーパーの従業員と、芸能事務所のタレントとでは、職種もなにも違う。契約書の名前だって違うんだから、やり方も違くて当たり前か。

「契約書の内容に異論がなければ、ここに署名お願いします」

そう促され、改めて内容に目を通す。

特に変なことは書かれていない……と思う。たぶん、大丈夫だろう。

どちらにせよ、役者として再起するには、ここで署名をしないと話は先に進まない。

自分で考え、判断し、活動していく……そうして大人になると決めたんだ。

私は差し出されたペンを取り、契約書上に走らせ――

「……っ！　……、……っ！」

ふと、応接室の外が慌《あわ》ただしいことに気づいた。

木瀬さんや崎森さんと一緒に、なんだろう？　と目を向けた――そのときだった。

「……んなんですか、あなた！　勝手に困ります！」

応接室の扉が勢いよく開き、思わず肩を跳ねさせる。

一瞬、私は状況が読み取れなかった。

だって、開け放たれた扉の前に立っていたのは――

「……叔父、さん？」

荒々しく息を切らしている叔父さん、その人だったから。

―第九章― 〝大人〟ということ

身支度もそこそこに家を飛び出した俺《おれ》は、弘孝《ひろたか》に電話を飛ばしながら大通りに向かった。

タクシーを捕まえて乗り込み、捲《まく》し立てるように行き先を伝える。

ようやく弘孝と電話が繋《つな》がったのは、その直後のことだ。

「エリがヴァリプロにって、本当なのか？」

『ウソ言ってどうすんだ。あれは間違いなく絵里花《えりか》ちゃんだった』

「……だいたいお前、いまどこにいるんだ。なにを根拠にそんな……」

『前に言ってたろ、ロケハンが終わったらヴァリプロのお偉方と顔合わせだって。それが今日でさ。遠巻きにすれ違ったんだ。向こうは気づいてなかったけど』

そういえば、そんなこと言ってたような……。

ああ、くそ。頭が混乱してて、情報が整理し切れない。

『ていうかあの子、芸能界に興味あるような子だったのか？』

弘孝の疑問はもっともだ。彼はエリが『花澤可憐《はなざわかれん》』であることも、役者としての再起を図っていたことも知らない。

What kind of partner will my niece marry in the future?

だが、隠し通すわけにもいかないな、と思った。

状況を知らせてくれた手前、下手に濁《にご》して不確実性を増すよりはいい。

エリには申し訳なかったが、俺はことの詳細を弘孝に話した。

『どうりで芝居が巧《うま》いわけだよ。なんで話してくれなかったんだ……とは思ったけど、そういう事情じゃな』

映画監督である弘孝としても、女優・花澤可憐の存在感は大きいんだろう。それが如実に伝わってくる。

『で、仕事を求めて事務所に、ってところか。でも、なんでわざわざヴァリプロ？』

「俺も、あいつがなんでひとりで事務所になんか行ったのか……全然理解できてない」

『絵里花ちゃんから相談受けたんじゃないのか？』

「いや……。芝居の世界に戻るには実力が不安だからって、慎重そうだったから。なのに、なんで急に……」

なにか予兆のようなものがあったのか？　それを俺が見落としていたのか？

だとしても、せめて一言ぐらい「話を聞きに行く予定だ」って教えてほしかった。

そんなことはないと言い聞かせつつも、心のどこかで、俺はエリに信用されていないんじゃ……とすら思い始めていた。

すごくすごく、苦々しい。

『……もしかして、スカウトでもされたんじゃないか？』

電話口で、弘孝は言った。

「スカウト……？」

『ただの予測だけどよ、それで浮かれちゃって、勢いで話聞きに行ったとか？』

確かに、スカウトされた可能性はあり得る。

叔父の俺から見ても、エリはかわいいし大人びているから、美しさは目に留まるだろう。

だけど、そのぐらいのことで舞い上がるような子だろうか？

大人から見れば確かに、まだまだ十五歳の女子高生でしかない。明確に子供だ。

でもエリは、同世代の子に比べたらまだしも、物事を冷静に考えられるほうだ。

「……エリに限って、そんな……」

そう口走った瞬間、俺はハッとなった。

そしてきっと、同じことを弘孝も思ったんだろう。

『結二《ゆうじ》の気持ちもわかるけどよ……』

ため息交じりの一言が、追い打ちをかける。

うちの子に限って……それは、最悪の盲信だ。

冷静に、客観的に、状況を認知できていない証拠だ。

『結二は絵里花ちゃんじゃないし、絵里花ちゃんも結二じゃない。状況次第じゃ、思いも寄らない行動をとったとしても不思議はないだろ』

「……そうだな。悪い、テンパってたみたいだ」

いくら家族や親戚《しんせき》だろうと、本人の心の内を完璧《かんぺき》に把握できている人間なんていない。俺の知らないところで、エリを突き動かすなにかがあった。エリはそれに従って動いているだけ。

俺の理想像を押し付けて、比べても、なにも変化しない。

「多分エリなりに、なにか考えがあってのことだろう。考えなしに突っ走って空回るような子じゃない……とも思うし」

断言はしない。本人から事情を聞くまでは、結論を急いだりはしない。

だとしても。

「だとしても──ヴァリプロだけは、ダメだ。本人の意思なら説得してでも止める」

エリにはエリの人生がある。決断をするのはエリだ。不必要に介入するのは、またしても単なる過保護にしかならない。エリの可能性を俺が狭めてしまうだけ。

ただ、エリが明らかな危険に足を突っ込もうとしているのなら、話は別だ。それを放っておくのは、叔父以前に人としてナンセンスだ。

事が変に進展するよりも先に、会って事情を聞かなくては。

早くしてくれ。早く到着してくれ。

ただその願いだけが、頭の中を埋め尽くす。

信号の赤色が見えるたび、俺の足は震えた。


ようやくヴァリプロの会社前に到着した俺は、受け付けの女性に訳を話し、打ち合わせの場所に通してもらうよう説得を試みた。

だが予定を知らないのか、知っていて誤魔化《ごまか》しているのかは定かではないが、どうにも話が前に進まない。

傍《はた》から見れば、社内にいるのだろう女性の叔父を名乗る不審者が、血眼になって探しにきている……という図式だ。無理もない。

だが、なりふり構っている場合じゃない。

受付の女性が内線で確認をとっている隙《すき》に、俺はオフィスへと入っていった。

「え？　あ、あの！　ちょっと！　待って！」

受付嬢も慌《あわ》てて追いかけてくる。

そのひと幕に、他《ほか》の社員さんも「なにごと？」と言いたげにこちらを見ていた。

気にすることもなく、俺は『会議室』と書かれた部屋を開けた。

「……いない」

人の気配のない、薄暗い会議室をあとにして、今度は『応接室』と書かれた扉に手をかける。

「なんなんですか、あなた！　勝手に困ります！」

受付嬢の悲鳴にも似た声と、ドアの開放は、まさしく同じタイミング。

だが、耳障りな声はたちまち、気にならなくなった。

気にする必要もなくなった。

「……叔父、さん？」

エリを見つけ出したからだ。

その手元には、署名をしている途中のペンが握られていて、

「帰るぞ、エリ」

「え？　……え？」

彼女は困惑していたが、リアクションは待たない。

俺はエリの荷物と腕を摑《つか》んで立ち上がらせる。

チラリと目を向けたマネジメント契約書には、『芝井《しばい》』とまでしか書かれていない。

よかった、本当にギリギリだった……。『絵里花』まで書かれて捺印までされていたら、
若干《じゃっかん》面倒なことになっていた。

キョトンとしている社員たちを尻目《しりめ》に、俺はずかずかとエリを連れ出した。

「ちょっと、叔父さん。痛いってば。……叔父さん！」

ビルを出て少し離れた辺りで、俺は腕を振り払われた。

思いのほか強く握っていたようで、エリの手首にはうっすらと赤い痕がついていた。

いつもなら「すまない」と謝れただろう。

でも、いまは俺自身、とてもそんな余裕はなくて、

「なに考えてんだ！」

そう、声を荒らげてしまった。

「ここがどこだか、自分がなにをしようとしてたか、本当にわかってるんだろうな！」

突然の怒声を浴びせられたせいか、エリは腕をさすりながら警戒の眼差《まなざ》しを向ける。

まあ、当然の反応だろう。

「なにをって……ただの芸能プロダクションでしょ？　ちょっと話を訊《き》きに来ただけだよ」

「なんでだ。いまのエリに必要なことか？」

「……私、スカウトされたの」

やっぱり……弘孝の予想は当たっていたか。

「どうするかずっと考えてたけど、役者のお仕事をまた始めるってなったら、行動しないとって思ったの。そのために必要だって思ったから、話を訊きに来たの。ちゃんとした目的も考えもあるよ、だから邪魔しないで」

邪魔しないで――そう拒絶されたことが、思いのほかずしりとのしかかる。

いまのエリにとって、俺は悪者に映っているのか。

でも、エリの主観でそう見えるのは無理からぬこと。一方で、俺の目線だからこそ見えている事実もたくさんある。

せめてそれだけでも、伝わってくれ……。

「邪魔したいわけじゃないよ」

「うそ。してるじゃん、いままさに」

「エリを守りたいだけだ」

「なにから？　叔父さん、また過保護になってる」

「今回ばかりは話が別なんだ。エリひとりには任せておけない」

「そんなことない。私はひとりでも大丈夫だってば」

「じゃあ、この事務所がどういう事務所か、ちゃんと調べたんだな？」

そう問うと、それまでの勢いとは裏腹に、エリは一瞬言い淀む。

明らかに答えを選ぶような間を開けてから、言った。

「し……調べたよ。所属してるタレントさんとか、その出演履歴とか……ウィキとかで」

「なら、かつて所属していたタレントの何人かは枕《まくら》営業を強要されてたって話も、ちゃんと知った上で話を訊きに来たんだな？」

「……え？」

寝耳に水と言わんばかりに目を見開くエリ。

案の定、か。

「そんなの……知らない。どうせデマでしょ？　ただのゴシップじゃないの？」

「表に一切《いっさい》出てないからな、そう思うのも無理はない。けど……そうやってもみ消す力だって持ってる事務所なんだよ、ここは」

ここ数年立て続けに、芸能界における黒い噂《うわさ》や事件が大々的に報じられた影響もあり、近年の芸能界はコンプライアンスに非常に過敏だ。

ＳＮＳの普及も相まって、誰《だれ》もが特定した事実を公開して暴ける時代。一昔前ほど、当たり前のようにまかり通ることはなくなり、クリーン化もだいぶ進んできた。

だが、根絶とまではいかない。

いま業界内で権力を持っている層には、コンプライアンスなんて知るか、な時代を生きてきた人間がまだまだ現役《げんえき》だ。

ヴァリプロの現社長も、まさにそういった時代の成り上がり。

最近はほとんど聞かなくなったが、以前は社長や社長とツーカーな制作会社の重役が、所属タレントに枕営業を強要させていたという話を、何度も耳にした。

昔気質な老舗《しにせ》事務所の社長の影響力は、業界内に未《いま》だ根強く、タレントも局のプロデューサーもなかなか強く出られないでいる。

それが、ヴァリアスタープロダクションの本質だ。

「そんなコンプライアンスのガバい事務所に、エリは話を訊きに来てたんだよ。それがどれほど危ないことか、さすがにわかるだろ」

エリからは、目に見えて覇気がなくなっていった。

おそらく今日の打ち合わせ中だけでも、心当たりがいくつかあるんだろう。

「聞き捨てなりませんね。勝手な憶測での誹謗中傷《ひぼうちゆうしよう》は名誉毀損《きそん》。加えて、損失が出れば業務妨害なんですよ?」

いつの間にか、近くにスーツ姿の男が立っていた。

しっかりした風貌《ふうぼう》だからこそ余計に、浮かんでいる笑みが胡乱《うろん》げに感じる。

「木瀬《きせ》さん……」

さっきまでエリと面談していた男か。

エリにしか目が行ってなかったからな……名前、覚えたぞ。

「しかもいきなり押し入って、女の子を連れ出すなんて。そのほうがよほど非常識では? 未成年者略取ですよ」

さも当然のように木瀬は言う。

あたかも自分たちは、一切の不正などしていない。未来あるタレントの卵を守る、善良なる芸能事務所の職員、なんてスタンスで向き合うつもりか。

「赤の他人じゃない。この子は、俺と血の繋がった姪だ」

「なんと、親族の方でしたか。これは失礼いたしました」

木瀬の顔つきが、パッと明るいものに変わる。

「それでしたら、一緒に親御さんを説得していただけませんか？　ぜひうちの所属タレントとして、女優業をサポートさせていただきたいんです」

その一言に俺はギョッとして、エリに問うた。

「今日のこと、姉貴にすら話してないのか？」

「こ、これから話すつもり、だったの……」

なんだそれ……順序がおかしいだろ。

そう頭を抱えたくなったが、あからさまに萎縮しているエリを不要に責め立てるわけにもいかない。

考えは甘かったかもしれないが、この子は被害者だ。それは間違いないんだから。

「昨今は親御さんの了解を得る前に、仮契約を交わすケースもあるんですよ。どこの事務所も、スカウトした原石は逃したくないですからね。親御さんの同意が得られたあと、本契約を進めるのが……」

「そんな話、聞いたこともないな」

よくもまあ、ペラペラとウソを吐き出せる。本来こうした契約ごとは、未成年の場合は例外なく、保護者の同意が必須なのに。

俺が突入した時点で、エリは契約書への署名の途中だった。

てっきり姉貴の同意ありきだと疑ってなかったけど、そんなものがないあのタイミングで、契約書への署名？

ならどう考えても、ヴァリプロのやり方に問題がある。

そもそも親の同意がない契約は、無効どころか事務所側に問題が問われる。

にも拘《かか》わらず強行したのは、契約書の内容に特殊な条文があるか、目に見えていない力関係が働いているかだろう。

いずれにせよ、いまどきこんなわかりやすい手法か。よほど腐ってるんだな。

あるいは、エリが自分ひとりでできると思い上がっていたのを見透かされ、つけ込まれてしまったか……。

「一般の方はご存じじゃないでしょうけど、芸能界はそういったやり方が主流で……」

あくまでも木瀬は『業界が特殊だから』を言い分に、ごり押すつもりのようだ。

ただそれに関しては、相手が悪かったな。

「これでも一応、業界は長いんだ。映像編集の仕事をしている身でね」

吐き捨てるように告げる。

徐々に、木瀬の笑みが薄れていった。

「……失礼しました。では本音ベースで話をしましょう」

そう仕切り直す木瀬は、口元こそ笑っているのに、目だけは嫌な光を発していた。

「私たちとしては絵里花さん……いえ、『花澤可憐』さんという人材を欲しています」

エリの芸名が木瀬の口から出たことに、さほど驚きはしなかった。

先の隼《しゅん》の件もある。気づかれてても不思議じゃない。

「……わかってて声をかけたのか？」

「いえ、今日初めてご本人から訊きました。驚きましたよ。あの名子役がまさか、成長した姿で目の前にいるだなんて」

なるほどな。木瀬の言葉で合点がいった。

エリが自分を売り込むために『花澤可憐』の名を出したのなら、是非はともかく、強引《ごういん》な手段に出るのも頷《うなず》ける。

不当なやり方が暴かれてしまったヴァリプロは、現状、不利な状況だ。にも拘わらずここまで引き下がろうとしないのは、『エリがダイヤの原石のような存在感を持っているから』以外にも、それなりの理由があるはずと踏んでいた。

要するに莫大《ばくだい》なメリット――エリの場合は『花澤可憐』としての実力と知名度。下品な話だが、ブランクがあるとは言え、物が仕上がればエリはまさしく金のなる木なんだから。

「とはいえ、不安がらせてしまったのも事実です。焦《あせ》っていたんですよ、余所《よそ》の事務所に拾われてしまうと。きちんと謝罪します。ですから改めて、正式な形で、絵里花さんを預からせてください」

「虫のいい話だな。これだけ露骨なことをやっておいて、おいそれと家族を預けようなんて、考えるわけないだろ」

俺は自然と、エリの肩を抱き寄せていた。

「自分で正しく判断できない子供を、平気で騙《だま》して利用しようとする連中に、大事な姪を預けるつもりはない！」

きっといま、一番状況に振り回されて不安になっているのはこの子だ。

声を荒らげてしまったのは、エリを危険から守りたい一心でのこと。

俺はエリの味方だ――その思いも込めて、目の前の敵に言い放つ。

「この子の未来は、俺が守る」

俺の宣言を、木瀬はただ黙って受け止めている様子だった。

じっとこちらを見据えている瞳《ひとみ》が不気味だ。頭の中でどんな一手を講じているのか、わかったものじゃない。

なんて返事が来ても大丈夫なよう、俺も身構えて待っている――と。

「そうですか。では、お好きなように」

木瀬は、拍子《ひょうし》抜けするほどあっさりと身を引いた。

「これ以上固執しても、好転しなさそうですのでね。ご自由にどうぞ」

「立場を弁《わきま》えてものを言え。最初に問題行動を起こしたのはそっち――」

「いいえ。なにも起こってはいませんよ」

俺を遮《さえぎ》って、木瀬は断言した。

「契約は結ばれていない。そもそも結ぼうとしていた証拠もない。私たちと絵里花さんとの間で、契約やそれに準ずる交渉や手続きは、なにひとつ生じてはいません」

この期に及んでなにを、と言いかけて、ふと思い出す。

――仮契約を交わすケースもあるんですよ
木瀬の言い方だと、確かに『エリと事務所との間でやり取りが発生した・しかけた』という言質にはなり得ない。

「絵里花さんが、スカウトを受けた件について話を訊きに来てくださった。しかし、ご親族の了解を得られず、白紙となった。ただ、それだけのことでしょう？」

くそっ。一杯食わされた気分だ。

……が、こいつらがこれ以上エリに関わらないというのなら、安い条件か。

「ただ、絵里花さんとあなたの顔は覚えましたよ。もし今後、なんらかの形で表舞台に出てきた際は……よろしくお願いしますね」

不敵な笑みを零《こぼ》して、木瀬は事務所の中へと戻っていく。

正直、煮え切らない気持ちもあるが、真っ黒い事務所にエリが入所するという最悪の結果は回避できたんだ。

これでいい。これで充分な結果だ……。

「いや～、ハラハラしたなぁ。ドラマのワンシーンみたいだったわ」

突然、耳慣れた声が背後から聞こえてきた。

状況に似つかわしくない、デリカシーの欠片《かけら》もないセリフで正体は察しつつ、振り返る。

「……弘孝か。なにしてんだ、こんなとこで」

「なにしてるもなにも、ずーっとこの辺にいたんだけどな。絵里花ちゃんが心配すぎて、周りに目が向いてなかったか？」

そうだったのか。全然気づかなかった。

でも、弘孝が俺に電話をかけたキッカケが、まさにヴァリプロとの打ち合わせ終わり。近場で俺のことを待ってくれていたというのなら、頷ける話だ。

「結二ひとりじゃ心許ないだろうと思って、一緒に突入するつもりだったんだ。なのにタクシー横付けするや、一目散に入っていっちまう。ビックリだよ」

「……てことは、そのあともずっと、ここで待ってたのか？」

「まぁな。有事のときには協力をと思ってよ。まあ介入する余地もなさそうだったから……」

弘孝は、自慢げにスマホを取り出した。

「外での結二たちのやり取りは全部、ここに動画として残してあるぜ。音もバッチリ拾えてる。俺、意外とドキュメンタリー撮るセンスもあるかもしんないな」

「……そうか」

弘孝の機転のよさに脱帽して、思わず笑みが零れてしまう。

「もしヴァリプロが、なにか不利益になるような圧力かけてこようもんなら、こんな動画でも抑止力にはなるんじゃねぇか？」

弘孝の言葉で、改めて自分が冷静さを欠いていたと思い知らされた。事務所へ突入するとき、スマホのボイスレコーダーをオンにしておくのを忘れていたからだ。

もし弘孝が動画に残してくれてなければ、なにひとつ証明するものを残せずに終わっていた。今日は大人しく引き下がったが、あとからヴァリプロが動き出したとき、圧倒的な不利になっていただろう。

「助かったよ、弘孝。借りができたな」

「なに言ってんだ、水くせぇな……」

弘孝はそう、半ば呆《あき》れたように息を吐いた。

その直後だった。急に、体の片側に重みがのしかかる。

エリがぐったりと、俺に寄りかかっていた。

「大丈夫か、エリ」

「……うん。ごめんなさい、目眩《めまい》が……」

確かに顔が真っ白になっていた。血の気が引いている。

極度の緊張が解けたせいか、あまりにもショックなことが起きすぎて失神しかけたか……。

なんにせよ、ここにこのまま留まるわけにもいかない。

「悪い、弘孝。話はまた今度で……」

「ああ、もちろん」

言いながら弘孝は、俺の代わりにタクシーを捕まえようと、通りに目を配らせる。

「なんにせよ……何事もなくてよかったな、結二」


タクシーに乗って、ひとまずエリの自宅へと走り出して、もう十分ほど。

それまでずっと、車内は無言だった。

無理もないと思う。エリも調子を整えたり、考えをまとめる時間は必要だろう。

俺は、エリがなにかしらのアクションを起こすまで、見守ることに徹した。

やがてエリは、大きくため息をついた。

そのタイミングを見計らい、口を開く。

「ちょっとは落ち着いたか？」

「……うん」

消え入りそうな声で、エリは首肯する。

言葉通り落ち着いてはいそうだ。けど回復まではしていない、というところか。

「ごめんなさい、迷惑かけちゃって」

「別に、迷惑だなんて思ってないよ」

俺はエリの叔父なんだ。どんな状況であれ、助けるのは当然のこと。

それを迷惑だなんて思うはずがない。

「ただ、一応説明はしてほしいかな。どうしてヴァリプロを選んだのか、とか。なんで急に話を訊きに行ったのか、とか」

話したくなったらでいい、と付け加えて、再び待つ。

ややあって、エリは訥々《とつとつ》と話し始めた。

「声をかけられたのは、六月の中頃《なかごろ》でね。【サ行企画】のMVに出たあとだったから、業界に戻るいいキッカケかなって思ってたんだけど……。正直、どうしたいのか自分でもわからなくって、ずっと考えてたの」

六月の中頃、か。丸二ヶ月ほど前の話。

その間、そんな素振りはひとつも見せていなかった。

あるいは見えないよう、エリが自分を演じていたのだろうか。

いずれにせよ、もう少し気づいてあげられていたらとも思うが……考えても詮ないことか。

「でも私はもう高校生だし、子役の頃みたいに、自分ひとりじゃなにもできない子供じゃない。だから、自分で考えて行動しなきゃダメだよねって思って、それで……」

もう高校生なんだから。もう自分ひとりで決断できる年頃だから。

そういう多感な中で、自らの手で成果を手にしたかったのだろう。

それは思春期特有の全能感からなのか、周囲と比較したときの焦燥感からなのか……。

かつて経験した俺自身、その出自は、正直よくわかってはいない。

「いわんとする気持ちは、よくわかる。叔父さんにもそういう時期はあったから。でもせめて、相談ぐらいはしてほしかったかな」

経験者だから、共感はしてあげられる。

けれどエリの行動を、容認はできない。

「子役のときは姉貴が……お母さんがやってくれていたから見えてなかっただろうけど、芸能の世界は、今日みたいな出来事は少なくないんだ」

あくまでも噂ベースでしかないし、昨今はだいぶクリーンになってきたとはいえ。

どこかの暴力団のフロントみたいな芸能事務所もあれば、仕事を斡旋する人間が構成員で、女優やタレントの卵が騙されて性風俗業界に回されたとか。

かつてはそういう話が、裏では当たり前に広まっていた世界でもあったのだ。

「もちろん、エリの気持ちをくみ取ってあげられなくて、未然に防げなかったのは、俺にも責任がある。少なくとも、役者として再起したいっていうエリを支えようって決めたのは、俺自身だから。ごめんな」

エリは小さく首を振る。

そんなことないよ、と無言で伝えてくれているような気がした。

「私もね、いざとなれば断るつもりだったし、断れるって思ってた。だから、自分の力だけでなんとかしようって思ってたんだ。そうやって自立できれば……」

エリはようやく、俺の目を見てくれた。

「認めてもらえるって、思ったから……」

その弱々しい眼差しと言葉で、俺はようやく察した。

「子供扱いしてほしくなかった、ってことか？」

エリは、力なく頷いた。

それが彼女の中にある明確な焦りであり……それ故《ゆえ》に、今回のような軽率な行動に繋がったってことか。

「でも、前に自分のこと『まだ子供だもん』って言ってなかったか？」

あれは確か、まだ五月。一緒にスーパーへ掃除道具を買いに行った帰り道だったか。

どうやらエリも図星らしい。

「あ、あれはその……言葉の綾《あや》だよ。あのときは、ああ言っておけば甘えていられるっていうか……」

むくれたように口を尖《とが》らせる。

計算高いというか、むしろ逆に刹那《せつな》的というか……。

「それに、甘えたいって思うときもあれば、大人として信用してほしいって思うときもある。それって普通のことでしょ？」

だだをこねるような主張につい、苦し紛れだなぁと笑ってしまった。

「わ、笑うことないでしょ、もう……」

ますますエリは、ふて腐れてしまった。

「そうだな、子供扱いされるのが嫌って気持ちは、共感できる。エリのその感情は、普通なことだよ。おかしくはない」

でも、と俺は続ける。

「やっぱり、エリはまだ高校生なんだよ。十五歳の女子高生。契約ひとつ結ぶにも、保護者の同意が必須なぐらいにはさ」

むくれたエリの頭をポンポンと撫《な》でる。

もしかしたら、こういう扱いが余計に嫌なんじゃ……？　と一瞬、後悔した。

でも思いのほか、エリは普通の反応だった。

むしろ驚いたのか、妙に体が強張《こわば》っているように感じた。

「誰の力も借りないで結果を出したい。そうして自立したい。そういう気持ちが芽生えるのは普通のことだし尊重もする。でも本当に『大人』な人間ってのは、たぶん、ちゃんと他人を頼れる人たちなんだと思う」

「……そうなの？　叔父さんも？」

「もちろん」

強く頷いて、俺は続けた。

「俺だって、映像編集の仕事を始めるときにいろんな人を頼って、助けてもらったから、いまもお仕事を続けられている。俺の仕事は、誰かに依頼されて動画を編集すること……それは『人に頼られてる』ことと同じだと思わないか？」

エリは「……あ」と漏《も》らす。

どうやら多少なりとも、納得し始めてもらえているようだ。

「俺は映像編集者として他人に頼られて、仕事としてこなすから生活できている。持ちつ持たれつで成立しているのが、社会の在り方なんだと、俺は思ってる」

自分ひとりの力なんて、たかが知れている。

得意分野だって、持っている能力だって、人それぞれでまったく違うんだから。

結局は皆が皆を補い合って、社会や仕事は成立しているはずだ。

「そういう社会を生きるためには、意固地にならないで、助けを求める素直さも必要なんだよ。なんでも自分ひとりでやりきることだけが『大人』じゃない。……わかるか？」

「……うん。わかる。叔父さんの言いたいこと」

俺の隣で頷くエリに、少しだけ、笑顔が戻った気がした。

そっと息を吹きかければ消えてしまいそうなほど、まだまだおぼろげではあるけれど。

この種火を守って育てていけば、この子はきっと大丈夫だ。

「ならよし。これでひとつ、エリも大人になったな」

「それってやっぱり、いままでずっと子供扱いしてたってことじゃん」

おちょぼ口で文句を言いつつ、でもすぐにため息をつく。

「……って思っちゃうのが、多分、子供扱いされちゃう理由なんだよね……うん」

エリぐらいの年頃なら、本当は子供扱いされることをよしとして過ごしたほうが、楽だとは思う。

でもその事実に気づくのはいつだって、大半の人が、『無条件に甘えさせてくれる環境を卒業してから』だ。

エリにそのことを説いたって、どうせ思春期の反発心が邪魔をする。

なら、理解している大人がさり気なく支えてあげるぐらいが、ちょうどいいんだろうな。

「ねえ、叔父さん」

「どうした？」

「これからも叔父さんのこと、頼ってもいい？」

「なにをいまさら」

即答する。考えるまでもないことだ。

「エリは俺の姪なんだ。遠慮しないで俺を頼っていいし、甘えてもいいんだよ」

俺を見つめるエリの頬《ほお》に、夕日が差す。

エリはうれしそうに頷くと、ポスッと俺の肩に身を預けてきた。

ナチュラルなその仕草《しぐさ》に、思わずドギマギしかけてしまう。運転手の目も気にはなる。

でも、頼ってもいいと言った手前、離れろとも言えず。

……しょうがないな。

俺はそのまま、彼女なりの『甘え』を受け止めることにした。

「そしたら……さっそく、お願いがあるんだけど」

「ん？」

少し無言の時間を挟んでから、エリはポツリと零した。

「今日、叔父さんちにお泊まりしたい」

「え？」

そして、俺の手をそっと握った。

「……いい、かな？」

—第十章— これから流す涙の数だけ

今日、叔父さんちにお泊まりしたい。

なんでそんなことを口にしちゃったんだろう……と思ったのと同時に、私の中ではもう、答えは出ていた。

今日はこのまま、叔父さんに甘えていたい。甘えさせてもらいたい。

ただ、叔父さんのそばにいたいって……そう思ったからにすぎない。

今日のことで、いかに自分が浅はかな子供かを思い知らされた。

大人になりたくて、大人と思ってもらいたくて。

佐東《さとう》さんのような、叔父さんのそばにいる大人たちと対等に思われたくて。

そうして行動した結果、私は改めて、その幼稚さを痛感した。

恥ずかしい。情けない。惨《みじ》めすぎて死にたい。

そんなふうに自己嫌悪に陥《おちい》っていた私を、だけど、叔父さんは優しく受け止めてくれた。

うれしくて、胸がギュッとなった。そしたらなぜか急に、とことん叔父さんに甘えていたくなったんだ。

きっと弱った心を、叔父さんに甘えることで癒《い》やし、充足させたかったのかもしれない。

そうすれば私は、明日にはまた、いつも通りの自分を取り戻せると思ったから――

入浴剤の香《かお》りが立ち上る湯船に、チャプンとつかる。

叔父さんちのお風呂《ふろ》で湯船に浸かるの、久しぶりだな……。

相変わらず大っきなお風呂だ。うちのとは違って、ゆったりと足を伸ばせる広さなのが羨《うらや》ましい。

人がふたりで入っても、全然狭くなさそう。そういうの、ちょっと憧《あこが》れるな。

なんて思いつつ、なに考えてるんだろうと恥ずかしくなってきちゃった。ザブンと顔をお湯につけて、雑念を振り払った。

あのあと私は、いったん自宅に寄ってもらって、最低限の着替えだけを準備した。

もともと部屋着と替えの下着は叔父さんちに置いてあったから、寝泊まりする用のパジャマだけをリュックに詰めて、家を出た。

お母さんへは、叔父さんが連絡をしてくれた。

今日の出来事については、電話を代わってもらって私からお母さんに話した。呆《あき》れたような、怒っているような、そんな複雑な反応だった。

でもそれは、私のことを本当に心配してくれている証拠なんだと思う。そう、思いたい。

代わりに叔父さんは、ものすごく怒られてたっぽいけど。なんでも、私の役者としての再起に関しては、叔父さんが責任持って面倒を見るって、約束だったみたい。

だとしたら、私の暴走のせいで叔父さんが叱られたことになる。

本当に、ごめんなさい。そう告げると、叔父さんはまた、優しく笑って許してくれた。

なんで私は、もっと素直に叔父さんに甘えなかったんだろう。そんな後悔ばかりが募る。

掛け値なしに笑ってくれて、思ってくれるのは、私だけに向けられた特権だ。なら、それに最大限甘えていれば、今日のような失敗はしなかったはず。

些細《ささい》な嫉妬《しっと》で、こんなにも人は視野が狭くなっちゃうんだな。勉強になったかも。

きっとこの学びは、役者としてお芝居をするときの糧になる。

というか、糧にしなきゃダメだよね。

じゃないと、叔父さんがただの怒られ損になっちゃうだろうし。

「……怒られ損って。変な日本語」

思わず笑みが零《こぼ》れてしまい、心の隅でまた、叔父さんに謝った。

お風呂からあがり、ラフな部屋着に着替えて洗面所を出る。

リビングに戻ると、キッチンのほうでトントンと音が鳴っていた。

ひょこっと覗《のぞ》き込む。なんとビックリ、まな板に向かって叔父さんが立っていたのだ。

「なにしてるの？」

「見りゃわかるだろ？　料理」

「……え？」

ハッとなってリビングの掛け時計を見ると、もう十九時に差し掛かろうとしていた。

いつもなら、私がごはんを作って叔父さんをもてなしていた時間帯だ。

「ごめん、叔父さん。すっかり忘れてて……」

今日はいろんなことがあって、私自身、疲れ果てていたからなぁ。

料理の『り』の字も頭に浮かばないまま、お風呂になんか浸かっちゃったよ。

「しょうがないだろ、今日は。気にしないでいいから」

「でも、出前でよかったのに」

「それも考えたけど、たまには俺《おれ》がなにか作ってやろうかなって。ないだろ、いままで俺が振る舞ってあげたこと」

「うん……料理できるなんてひとつも思ったことないから」

わかりやすく、叔父さんの肩がズルッとなる。

たまーに思うけど、この人、リアクションがちょっと古くないかな？

「これでも俺、独り暮らし歴長いんだからな？」

余り物のキャベツの葉を小さく切りながら、叔父さんは鼻高々に続けた。

「レシピを見れば大抵のものは作れるし、見なくても作れるレパートリーぐらいある」

ふーん、と思いながら、手元を観察してみる。

確かに包丁の握り方や野菜の切り方も、間違っていない……と思う。

私も料理のプロじゃないから、なにをもって正否とするかはわからないけど、家庭科の授業を基準にするなら間違ってはいない。

それに、日頃《ひごろ》料理している者の経験で見るなら、確かに手際もいい。

「なに作ってくれるの？」

「パスタ」

「おお……簡単そうに見えて実は意外と難しいやつ」

「だいぶ煽《あお》ってくるな～」

困ったような叔父さんに、にししと笑って返す。

でも実際、パスタは難しいんだよ？

茹《ゆ》でるときの塩加減や、そのゆで汁とオリーブオイルの乳化具合とか、最終的な味のバランスとか、意外と繊細な料理なんだから。

「本当に作れる？　手伝ってあげよっか？」

「大丈夫だって。いいから、エリはテーブルで待ってろ」

「はーい」

言われて、私は大人しくそのままダイニングテーブルに座る。

材料を準備し終えた叔父さんは、さっそくコンロの前に立って作り始める。

その後ろ姿をボーッと眺めるのは、なんだか不思議な感覚だった。

料理している男の人の背中って、なんかステキだな……。

そんなふわふわとした気持ちを抱き始めた頃、不意に叔父さんが言った。

「待ってろよ、エリ」

そう、振り返った叔父さんの、何気ない微笑《ほほえ》みが――

「とびっきりおいしいパスタ、作ってあげるから」

いつもと変わらない、優しい笑顔が。

私の心の奥のほうを、キュッとさせる。


――好き。


私の胸を埋め尽くしたのは、そんな単純な二文字。

ありふれた言葉が、私の想《おも》いを形作っていく。

ああ、そうか。

私は、彼のことが好きなんだ。

叔父とか親族とか、そういう家族愛じゃない。

芝井結二《しばいゆうじ》さんのことが、好き。

好きに、なっちゃってたんだな——


「……うん。楽しみにしてるっ」

何事もなかったかのように、演じる。

じゃないと、感情をせき止め切れないと思ったから。

気づけてよかったと思う。

気づけたからこそ——このいけない想いを、理性でコントロールできるんだもん。

私と結二さんは、三親等。叔父と姪。結ばれちゃいけない間柄だ。それ以上の関係は望めないし、望んでもいけないんだから。

胸の奥に、しまっておこう。意識してそう思えるのは、しまうべき気持ちに気づけたから。

だから、よかった。

でもそれ以上に……気づかなければよかったとも思う。

だって、始まる前からこんな、悲しい気持ちにならなくてすんだんだもん。

赤の他人だったなら、きっと、こんな苦しむことはなかっただろうな。ありのままに、想いのままに、彼に接することができたはずだから。

でも叔父と姪だからこそ、いまの幸せがあるのかもしれない。この幸せも、好きになった私の気持ちすらも、あるいは【叔父と姪】だから生まれたものなのかもしれない。


結局、どっちがよかったんだろう。

そんなの、もう……わかんないや。


「よし、できた！」

彼のうれしそうな声が聞こえて、私は慌《あわ》てて目尻《めじり》を拭《ぬぐ》った。

ウキウキしながら運んでくれたパスタは、ほんの少しお醬油《しょうゆ》の香る、ツナとキャベツの和風パスタ。どうやら気を使って、ニンニクは抜いているみたい。

「おいしそうっ。いただきます」

手を合わせて、早速一口食べる。

ほどよいアルデンテの食感が心地いい。お醬油とツナの甘い香りが、嚙《か》めば嚙むほど鼻を抜けて食欲をかき立てる。

「うまい？」

「うん！　すっごくおいしい」

「だから言っただろ？　俺だって料理ぐらいできるって」

「ホントだね。すごいすごい」

「本当に思ってるのか？　ったく……」

本当だよ。おいしいし、すごく幸せ。

こんな生活が、これから先もずっと続いてくれたらと、願わずにはいられない。

けどこの幸せは、永遠には続かない。永遠に続けちゃ、いけない幸せだ。

そう思えば思うほど、また、感情が溢《あふ》れそうになる。

「じゃあ俺も一口……。うん、いい感じ」

自分の料理に喜んじゃうとか、子供っぽいところもある。

けれど今日みたいに、誰《だれ》よりも私を大事に思ってくれて、守ってくれて、叱ってもくれる。

結二さんはそんな、尊敬できる大人な人。

これから先、私は彼を思うたび、何度となく涙を流すんだろうな。

「ただ……少ししょっぱいかもしんないな」

「そう？　私はこのぐらいのほうが好きだよ」

ウソじゃない。ちょうどいい塩加減だ。

これから流す涙の数だけ、塩分は溜《た》めておかないといけないし。

ちょっとだけ、心は痛むけど。

＊　＊　＊

「はぁ……疲れた」

洗面所でひとりになってようやく、俺は一息つけた気がする。

今日を反芻《はんすう》すると、本当にいろんなことが起こったなと思わずにいられない。

まさかエリが、あそこまで思い詰めて、焦《あせ》ってたなんてな。

久しぶりの自分の芝居に納得できていないから、しばらくはリハビリ的に慣らしたい。そう訊《き》いていたせいか、少し悠長《ゆうちょう》に構えすぎていたかもしれない。

なつきや弘孝《ひろたか》にも協力してもらって、早々に話を進めよう。

信頼の置ける事務所を探してやらないと。

「──いって」

などと考えながら服を脱いでいたからか、誤って足で洗濯かごを蹴《け》ってしまった。

しかたなく、散らかってしまったタオルやらシャツやらをカゴに戻す中、

「………っ」

一瞬、なんでこんなものが？　と驚いてしまった。

控えめなフリルがあしらわれた、ミントグリーンのブラだ。

だが冷静に考えれば、誰のものかは一目瞭然。

「本当に無防備なやつだな……」

ため息交じりに、エリの下着を拾う。

いくら親戚《しんせき》とはいえ、常日頃から寝食を共にしているような距離感じゃない。ちょっとは恥ずかしい気持ちや気まずさも抱きようものだが……。

エリが特別気にしないタイプなのか、叔父と姪の関係ってこれが普通なのか……やっぱり、よくわからないな。

そんなことを考えながら拾い上げ、カゴに戻そうとしたときだ。

ふと、ブラのタグが目に留まる。

C65。

以前、興味本位で調べたから知っているが、トップとアンダーの差でカップ数が決まり、表記されている数字はアンダーの値、だったっけ。

――一応、測ったらCはあったんだけど

不意に、海でのひと幕がフラッシュバックする。

エリの水着姿と、いままさに手に持っているブラのイメージが、重なってしまう。

「――っ！」

一瞬にして全身が沸騰《ふっとう》しそうになった。訳のわからない衝動が血管中を駆け巡る。

慌てて浴室に逃げ込み、頭からシャワーを被《かぶ》る。出始めの冷水を浴びて、心臓が飛び出るかと思ったが、おかげで冷静になれた。

なにを考えてるんだ、俺は。

……いや。

なにを考えてしまったんだ？

ほんのわずかでも、俺は、あらぬ感情を抱いてしまったその自覚はある。瞬間的に脳裏にイメージが焼き付き、体がそれに反応してしまっていることが、動かぬ証拠だ。

自分で自分が嫌になる。相手は姪だぞ。一回りも年の離れた子供で、しかも親戚だ。

たとえ一瞬でもそんな感情を抱いてしまったことが、心底気持ち悪くて死にたくなる。

冷水から始まったシャワーは、やがて温度を上げていく。

同時に、思考も柔らかくなっていく。

確かに、エリは子供だ。少なくとも、俺からしてみれば。

でもそんな俺でさえ、エリの成長を痛感したということだ。

女性らしく成長する体つきもそう。大人になりたいと願う思春期的な思想もそう。

俺の中でずっと子供だと思っていても、思おうとしても。

「大人になっていくんだな、エリも……」

当たり前の事象に、一抹《いちまつ》の寂《さび》しさは抱きつつ。

やはり、そんなことを考えてしまうことに自己嫌悪し、俺はシャワーを水に変えた。


時計の針が十二時を回った頃。

「……ふあぁ……」

「そろそろ寝たほうがいいんじゃないか？」

ソファーの隣でエリがあくびをしたので、いい頃合いと思って俺は提案した。

「うん。いつもは眠くならないんだけどね、この時間。今日は疲れちゃったのかな」

ソファーから立ち上がって、もうひとあくび。

昼間の件が精神的にも肉体的にも、よほど疲れになっているんだろう。

「叔父さんは、まだ寝ないの？」

「俺もぼちぼち寝るつもり。でもエリは気にしないで、先に寝てな。ベッド使っていいから」

「叔父さんは、またソファー？」

そりゃあ、客人であるエリをソファーや床に寝かせるわけにはいかないしな。客用の布団《ふとん》があればいいんだが、そんな気の利《き》いたものはうちにない。

ひとつしかないベッドは客人のもの。家の主はソファーで充分。

だけどエリは、なにか言いたげに黙ってこっちを見ていた。

怪訝《けげん》そうにしていると、彼女はポツリと漏《も》らす。

「今日は、さ。いっぱい甘えてもいい日……なんだよね？」

「……え？」

どういうこと？　と聞き返す間は、なかった。

エリは間髪入れずに口を開く。

「一緒のお布団で寝たい」

「……いやいや。それはさすがに……」

ダメだろ、と言いかけるが、言葉が出てこない。

ダメと思った理由はなんだ？

俺たちは叔父と姪なんだ。なにも起こり得ることはないから、問題はないはずだ。

「昔は一緒にお昼寝とかしたじゃん」

「幼稚園の頃とかだろ？」

そう返すものの、苦し紛れだなと自分で思ってしまった。

しかも、こちらをジッと見つめて逸《そ》らさないエリの目は、多分俺が頷《うなず》くまで微動だにしないだろう。

「……わかったよ。歯、磨いてくる」

観念して答えると、エリはわかりやすく顔をほころばせた。

寝る準備をすませて寝室に向かうと、室内は既に間接照明だけになっていた。

ベッドの縁にはエリが腰掛けていて、なんとも言えない空気感を孕《はら》んでいる。

でも、俺は特になにかを言うこともなく、ベッドに近づく。先にエリがごろんと寝転がり、続いて俺が身を預けた。

「もうちょっと奥に寄れる？」

「無理。これ以上は落っこっちゃう」

修学旅行でウキウキしている子供のように、エリは言う。

まあこのベッド、セミダブルだからな。

小さい子供ならともかく、ふたり寝られるほどのサイズはないか……と思ってエリの寝てるほうを見てみるが、

「……いや、ウソつけよ。まだ余裕あるだろ」

思いっきりど真ん中を占領していた。

そりゃこっちが狭く感じるわけだ。

「これじゃあ、俺が落ちるから」

「なら、ひっついてれば大丈夫だね」

エリは、横になった俺に身を寄せてくる。

ふわりと香るシャンプーの匂《にお》い。俺も同じものを使っているはずなのに、なんで人から香る匂いは違う気がしてしまうんだろう。

というか、いくらなんでも密着しすぎだって。

そう、苦情を言おうとしたとき。

「なんか……新婚さんみたいだね」

クスクスとエリは笑う。

どういう意図で口にしてるんだ、そんなこと。

でも、そうやってイタズラっぽく笑う顔が、上目遣《うわめづか》いに俺を見つめる視線が。

そこはかとなく、蠱惑《こわく》的に見えてしまった。

「おかしなこと言ってないで、もう寝ろ。電気消すぞ」

……そう。全部、気のせいだ。ただの勘違いだ。

きっと、間接照明がそう見せているだけ。

俺は電気を消すと、エリに背を向けるよう寝返りを打つ。

——その直後だった。

背中に密着し、抱きついてくるエリを感じたのは。

「どうしたんだ、さっきから。ひっつきすぎだ」

「……嫌？」

「暑いし、その……体臭が気になるんだよ」

「ううん、全然。臭くないよ。むしろ……好きな匂いだから」

ああ、もう。頭の中がぐちゃぐちゃになる。

エリは気にしなくても、俺は気にするんだよ。

匂いもそうだし、俺の腹に回している腕もそうだし。

なにより——背中に感じる、感じてしまう、柔らかい感触だって……。

せっかく、雑念は振り払ったってのに。思い出してしまいそうで自分が嫌になる。

「なあエリ、頼むから——」

「今日だけ」

俺の言葉を遮《さえぎ》って、エリは言う。

語気は柔らかくとも、その芯《しん》はとても強く、まっすぐに。

「今日だけで、いいの」

俺のシャツを掴《つか》む手に、力がこもる。

俺の背中へこすりつけんぐらいに、顔を埋めているのが伝わる。

エリがなにを思って、こんなことをしているのかは……わからない。

「今日は助けてくれて、本当にありがとう」

でも、そんな消え入りそうな声を出されてしまうと。

無下《むげ》に扱えないぐらいには、俺も、甘い人間だから。

「大好きだよ」

言葉では答えない――答えられない代わりに。

俺は自分の手を、エリの手にそっと重ねた。

終章　俺の姪は将来、どんな相手と結婚するんだろう？

What kind of partner will my niece marry in the future?

夢を見ていた……気がする。

その中で俺《おれ》は、まだ幼いエリを、姉貴に代わってあやしていた。

守りたいと思った。自分の子ではないけれど、大切な家族として。

俺なりのやり方で見守り、大切にしていきたいと。

「えり、おっきくなったら、おじちゃんとケッコンする！」

無邪気に笑いかけてくれる姿が、ただひたすらに愛おしい。

でも彼女の抱いた夢は、叶《かな》うことはない。

時が経《た》てば「そんなことも言ってたね」と、笑い話になるような、他愛もない夢だ。

けれど少なくとも、幼い彼女にとっては、心の底から湧き起こっていた純粋な願いのはずで。

「そうだね。俺も、エリちゃんをお嫁にしてあげる」

彼女の水晶のような願いに傷をつけたくなくて、そっと優しく抱きしめる。

直後。幼いエリの唇が、ほんの一瞬、頬《ほお》に触れたのだ。

「やくそくの、ふぁーすときす！　えへへ！」

「うれしい。けど、叔父さんが相手じゃもったいないよ？　大切にしないと」

そう言って、少女から身を離したとき——

「叔父さんだからこそ、だよ」


「…………っ」

目が覚めてすぐ、いま見ていた夢はなんだったんだろうと疑問が巡った。

昔の記憶だろうか？　だけど、頭の中に残ってる古い映像は、どれも霞《かすみ》がかっていてよく思い出せない。

俺は、夢の中でキスをされた頬を、無意識にさすっていた。

不思議だ。夢であるはずなのに、感触が残っているような感じがする。

ほんのりと温かく、熱を帯びているような……。

「……なに考えてんだか、俺は」

大きくため息をつく。

所詮、夢だ。エリを大切にしていきたいって思いが見せた、夢。

頬に触れたエリの唇も、その夢が見せた幻だ。あるいは、思い出せないでいる記憶の一片が再生されただけ。

さして気に留めることでもないだろう。ただ、おかげでしっかり目は覚めたから、その点では感謝だな。

寝室のカーテンを開けて日の光を浴び、大きな伸びをして、俺は部屋を後にした。

「おはよう、叔父さん！」

エリは、部屋着のままキッチンに立っていた。

朝から明るいこって。昨日の一件がウソのように、すっきりしている様子だった。

「ちょうど起こしに行こうと思ってたの。朝ごはん、食べる？　っていっても、あんな感じで全然凝ってないけど」

エリはダイニングテーブルに目をやる。

焼いたトーストに、ボイルしたウインナーとオムレツ、レタスだけの簡素なサラダ。驚くほど、絵に描いたような朝食ではある。

でも、普段朝食は抜くか適当にすませているだけに、俺としては充分すぎるぐらい整っているように思えた。

「じゃあ、せっかくだしもらおうかな」

「了解！」

そうにこやかに答えたエリ。

……あれ？

さっきは気にならなかったけど、よくよく顔を窺《うかが》うと、少しだけ違和感を覚えた。

「なんか、目、腫《は》れてないか？」

「――っ！」

たちまち、エリは両手で目を覆う。

「な、なんのことかな～？　叔父さんがなに言ってるか、よくわかんないなぁ」

「演技下手くそか。物もらいなら、眼科行ったほうがいいぞ」

「うん……でも、多分大丈夫。原因はわかってるから」

言いながら、ぐしぐしと目の周りをこする。

マッサージのつもりだろうか？　余計酷《ひど》くなるんじゃないか？　と心配になるが……。

「そんなことより！　叔父さんは顔洗ってくる」

「わかったわかった。押すなって」

台所からぐいぐいと押し出されるがまま、俺は洗面所へと向かって顔を洗った。

戻ってくると、テーブルには俺の分の朝食も並べられており、エリも座って待っていた。

着席して、ふたり同時に手を合わせる。

「「いただきます」」

カリッと焼き上がったトーストの芳醇《ほうじゅん》な香《かお》りと、ジューシーなウインナーの甘味が、胃を目覚めさせてくれる。体の内側も、ちゃんと覚醒《かくせい》し始めたのがわかる。

俺は今日の予定を脳内で確認しつつ、エリに訊《たず》ねた。

「エリは今日、予定は？」

「十時からバイト入れてるよ。夕方には帰ってこられる。叔父さんは？」

「いつも通り、引きこもってお仕事」

「じゃあ、お昼過ぎに掛け布団《ぶとん》とシーツ、取り込んでもらえる？　干してから出かけるから」

「忘れなかったら、わかった」

「はぁ、もう。じゃあラインする。あと晩ごはん、なにがいい？」

「なんでもいいよ。エリの作りやすいもので」

「もーう。なんでもいいが一番困るんですけど？」

「じゃあ……茄子《なす》の煮浸し」

「おかずにならないじゃん。まあ、作ってあげるけどさ」

「やった。頼んでみるもんだな」

「煮浸しでウキウキするなんて、子供なんだか大人なんだか……」

呆《あき》れたように息を吐いたエリだが、たちまち「ふふっ」と笑った。

「どうした？」

「ううん。なんか、この朝の感じが、ちょっとね」

そうしてこちらに向けた笑顔は、ふんわりと柔らかくて。

「同棲《どうせい》してるみたいだなって。叔父さんと」

なぜか、いまにも泣き出しそうな哀しみすら、帯びている気がした。

いつもは、なにをバカなことを……と返すところだ。

俺たちは叔父と姪。三親等の親戚《しんせき》同士。それ以上の関係にはなれない間柄だ。

純粋な言葉の意味で考えれば、せいぜいが同居だ。同棲とは呼べないし、呼ばない。

だけど、なんでだろう。形容し難《がた》い、複雑な表情を見させられたからだろうか。

なぜか今日だけは——

「……そうだな」

その呼び方も悪くはないと、思ってしまう自分がいた。

「叔父さん、もう全然婚活もしてないし、寂《さび》しいだろうし。しょうがないから、私がこれからも同棲してあげる」

でもやっぱり生意気で調子に乗りすぎだと感じてしまうのは、俺たちの距離感がすっかり、この形でできあがっているからだろう。

「そうやって調子こいてられるのも、いまのうちだからな？」

「む〜。わかってるってば、そんなの〜」

肩をすくめると、エリは頰を膨《ふく》らませた。

なんのことはない、いつものやり取りだ。

小生意気なエリを、大人の余裕で軽くいなして終わり。

そんな、いつも通りのやりとり——

の、はずだった。

「……でもさ、それぐらいは許してよ」

そう言って、エリは柔らかな微笑をたたえ、

「私が大人になって、恋人を作る気になって——結婚するその日までで、いいからさ」

「…………」

初めてだった。

エリのほうから明確に、終わりを示唆《しさ》してきたのは。

——人は変わっていく。月日や経験で変化していく。留まることはない。

まさしくこれは意識の変革であり、思考の転換であり……エリの成長だ。

そんなのわかりきっている。願っていたことでもあるじゃないか。

だから——いまこの瞬間、一抹《いちまつ》の寂しさを覚えたんだとしても。

建前《たてまえ》を取り払った、ひとりの人間としての本心に、いまさら気づかされたんだとしても。

それは絶対、彼女の前で発露させてはいけない。

エリの未来を、誰《だれ》よりも想《おも》うのなら。

「……ああ、わかったよ」

俺はゆっくりと、頷《うなず》いて応《こた》えた。

それが、彼女の叔父としての、在るべき姿なんだ。


俺には、姉の娘——姪がいる。

大人びているようで、まだ子供っぽいところもあって。

料理上手で家事全般得意だが、小生意気なところが玉に瑕《きず》で。

三親等。兄妹よりは遠く、他人よりは近い、不思議な距離感の存在。

俺たちの〝これから〟には、明確な終わりが待っている。

その瞬間に思いを馳《は》せると、常にこの言葉が脳裏をかすめるんだ。


俺の姪は将来、どんな相手と結婚するんだろう？


本人の言葉通り、いつか彼女にも、そんな日が来るのだとして。

そのときはエリの幸せを、誰よりも願ってあげられる自分でありたい。

姪の幸せを、精一杯祝ってあげられる叔父でありたい、と。
穏やかな朝の光を纏《まと》い、幸せそうに微笑《ほほえ》むエリを見つめながら——
俺は、そんなことを思った。

《終》

あとがき

みなさま、お久しぶりです。作家・シナリオライターの落合祐輔《おちあいゆうすけ》です。

このたびは『俺の姪は将来、どんな相手と結婚するんだろう?』略してめいこんの二巻をお手にとってくださり、ありがとうございます!

叔父と姪、三親等、血の繋がった親戚。

そんな関係性のふたりが織りなす年の差〝純愛〟の物語、いかがでしたでしょうか?

あとがきから読むという方向けに、本編の詳細ネタバレには触れない範囲で綴っているつもりですが、念のためご注意ください。


読んでいただいた方はお察しの通り――めいこんは、本巻をもって終了となります。

理由は……まぁ、ラノベは商業ですからね。いろいろあるのですよ、残念なことに。

もっと続きを期待されていた読者の方々へは、申し訳ありません。僕も、もっとゆっくりふたりの関係性を掘り下げていきたかったのですが……こればっかりは僕の一存ではどうにも。

ただ、打ち切りの投げっぱなしにはならないよう、まとめたつもりです。

もともと僕の中には、結二とエリの関係の終着点が複数ありまして。それこそ事実婚エンドや純粋な叔父姪エンド、海外移住で法律婚エンド、果ては悲恋の心中エンドまで。他にもいろいろイメージしていた中で、「二巻でまとめるとしたら……」というエンディングを精査し、しっかり着地させたつもりです。エリと結二、姪と叔父、ふたりの関係性の〝一区切り〟がどのように着地したのかは、是非本編を読んでご確認ください。

すでに読後の読者様にとっては、満足と納得のいく内容になっていましたら、幸いです。

謝辞です。担当のNさま含め、本作の出版にあたり尽力くださったGA文庫編集部のみなさま、本当にありがとうございます！

けんたうろす先生、今回も最高にかわいいたくさんのイラストを、ありがとうございました！　特にエリの浴衣と水着姿は最高です。家宝にしたいと思います！

そしてなにより、本作をお手にとってくださった読者のみなさまへも、最大限の感謝を！

ライトノベルとしてはかなりチャレンジングな題材にもかかわらず、SNSなどでの感想は好評ばかりで、大変励みになりました。

それらの感想をバネに、ラノベにこだわらず今後も様々な形で、物語制作に携わっていく予定です。もしふと名前を見かけてくださったときには、覗き込んでもらえると嬉しいです。

またどこかでみな様とお目にかかれる時を楽しみにしつつ——落合祐輔でした！

ファンレター、作品の
ご感想をお待ちしています

〈あて先〉

〒106－0032
東京都港区六本木2－4－5
ＳＢクリエイティブ（株）
GA文庫編集部 気付

「落合祐輔先生」係
「けんたうろす先生」係

本書に関するご意見・ご感想は
右の QR コードよりお寄せください。

※アクセスの際や登録時に発生する通信費等はご負担ください。

https://ga.sbcr.jp/

俺の姪は将来、どんな相手と結婚するんだろう？2

発　行　　2021年 11月 30日　初版第一刷発行
著　者　　落合祐輔
発行人　　小川　淳

発行所　　SBクリエイティブ株式会社
〒106－0032
東京都港区六本木2－4－5
電話　03－5549－1201
03－5549－1167（編集）

装　丁　　AFTERGLOW

印刷・製本　中央精版印刷株式会社

ISBN978-4-8156-1173-6

Printed in Japan　　GA文庫

試読版は
こちら!

試読版は
こちら!